Trudi Graf

AlltagsChampagner

Erzählungen

Trudi Graf

AlltagsChampagner

Erzählungen

© Trudi Graf

Alle Rechte liegen bei der Autorin. Die Verbreitung in jeglicher Form und Technik, auch auszugsweise, nur mit schriftlicher Genehmigung der Autorin.

Herstellung und Verlag: BoD - Books on Demand, Norderstedt

ISBN: 978-3-7347-2746-7

Covergestaltung: Sabine Hesz-Kahl

Prolog

oder: Flasche und Gläser auf den Tisch!

Champagner ist ein besonderes Getränk. Besonders wegen seines erlesenen Geschmacks, besonders wegen seiner Wirkung auf Körper und Geist, besonders aber auch seines exklusiven Preises wegen. Er ist also kein Getränk für alle Tage und alle Gelegenheiten.

Der Titel des Buches, lieber Leser, scheint also ein Paradoxon zu sein, gibt es doch, jedenfalls für die allermeisten von uns, das edle Getränk keinesfalls alle Tage!

Alltäglich haben wir eher Mineralwasser, spritzig oder still. Nicht nur, weil das für Körper und Geist ein wichtiges Lebenselixier ist, sondern auch, weil das finanzielle Budget sonst an seine Grenzen stößt. Champagner wird von den wenigsten von uns im Alltag schmerzlich vermisst, seine belebende Wirkung schon eher.

Vitalität, Freude, das prickelnde Gefühl, wenn etwas Besonderes unseren Lebensweg kreuzt oder einfach nur eine heitere Gelassenheit – all das, was uns zum Lächeln, Schmunzeln oder Träumen bringt – davon gibt es im Alltag, so scheint es, zu wenig.

Es wäre grandios, könnten die Geschichten dieses Vorurteil ein wenig ins Wanken bringen, alkoholfrei und ohne unerwünschte Nebenwirkungen.

Gin, gin, à la vôtre!

Der Fremde

Immer häufiger fand Karen ihr Leben bedrückend, sich selber kraftlos und außerstande, auch nur halb so alt zu werden, wie sie sich fühlte. Eigentlich gab es für diese Stimmung keine Gründe. Sie war Anfang dreißig, sah gut aus und hatte eine gesicherte Existenz als Bankangestellte. Die Ereignislosigkeit, die sich wie zäher Nebel ihres Lebens bemächtigt hatte, war der Grund ihrer Freudlosigkeit und Verzagtheit. Nach einigen Enttäuschungen war sie längst davon überzeugt, Liebe und Leidenschaft entweder für Selbsttäuschung zu halten oder vom Schicksal dazu ausersehen zu sein, ihr Leben abseits dieser beglückenden Erfahrungen fristen zu müssen. So sehr verstrickt war sie in die eigene Unzufriedenheit, dass sie ihre Umwelt nur sehr eingeschränkt wahrnahm. Eine Kollegin war es, die ihre Aufmerksamkeit auf jenen Fremden lenkte, der sie offensichtlich beobachtete. Ein großer Mann, muskulös, mit dunklen Haaren, die in einem kurzen Bürstenschnitt gebändigt waren. Karen wollte Gewissheit und so testete sie in einem wilden Hindernislauf durch die Stadt sein Durchhaltevermögen. Die Geschicklichkeit, mit der er folgte, ließ ahnen, dass er sein Geschäft verstand. Von Zufall konnte nicht die Rede sein. Zu Hause, bei einer Tasse Tee, versuchte sie, Ordnung in ihre Gedanken zu bringen. War es nötig, die Polizei einzuschalten? Sie beschloss, das Wochenende verstreichen zu lassen, viel zu Hause zu bleiben, was sie ja ohnehin meistens tat, und erst danach eine Entscheidung zu treffen.

Mit einem Mal war da ein Loch im zähen Nebel der Ereignislosigkeit und neben dem Unbehagen und der Angst, die der Zwischenfall hervorrief, spürte Karen auch eine prickelnde Spannung. Der schrille Ton der Türglocke ließ sie erschrocken zusammenfahren. Vor der Tür stand der Bürstenhaarige und sah sie lächelnd an. Er hielt ihr eine Visitenkarte unter die Nase, auf der sie die Worte *Detektei Weimer, Inhaber Thomas Kamprath* erfasste. Thomas Kamprath bat, eintreten zu dürfen, um ihr sein Anliegen vorzutragen. Er arbeite im Auftrag von Dottore Minetti und solle sie für morgen Nachmittag zum Tee bei Minetti einladen. Dieser habe ihr ein Geschäft vorzuschlagen. Überrascht blickte sie Kamprath an und dieser beeilte sich, ihr den Dottore als erfolgreichen italienischen Geschäftsmann zu schildern. Modebranche, die Domäne der Italiener, wie sie wohl wisse. Daneben sei Minetti auch ein geschätzter Kunstmäzen. Mehr war von Kamprath nicht zu erfahren, alles Weitere würde sie von Minetti selbst hören. Karen ahnte, dass sie sich nun nicht länger um ein ereignisloses Leben würde grämen müssen.

Der Dottore bewohnte ein Stockwerk einer alten Jugendstilvilla nahe dem Englischen Garten. Was Karen sofort auffiel, waren die vielen Uhren, die die Wohnung zierten. Schon im Foyer machten sich zwei große alte Standuhren breit. Auf dem Kaminsims im Salon standen Uhren in allen Größen und Ausführungen, und ihr Ticken in verschiedenen Geschwindigkeiten und Tonlagen hing als ständiger Geräuschpegel im Raum. Minetti entsprach ganz Karens Vorstellung von einem italienischen Modezaren. Ein älterer Herr, um die sechzig, elegant gekleidet, mit südländischem Charme. Ohne lange

Umschweife kam er zum Geschäft. Wie Karen unschwer erkennen könne, sei er ein fanatischer Sammler von Uhren. Sie besitze nun eine Damenarmbanduhr, die sein lebhaftes Interesse geweckt habe. Der Uhrmacher, bei dem sie kürzlich die Uhr habe reparieren lassen, habe ihn auf die Spur dieses Kleinods geführt. Diese Patek Philippe aus Genf mit Berguetspirale, Rubinlager und gebläuten Vogelaugenzeigern habe seine Begehrlichkeit geweckt, schwärmte Minetti mit dem Eifer des versierten Sammlers. Er scheue also keine Mühe, um in den Besitz dieser Kostbarkeit zu kommen. Er gedenke, ihr ein so gutes Angebot zu machen, dass sie einfach nicht ablehnen könne. Überrascht blickte Karen auf die Uhr an ihrem Handgelenk. Sie stammte von ihrer Urgroßmutter und war ein Familienerbstück. Karen hatte sie zu ihrer Firmung bekommen und sie am Ende des Festtages sofort wieder ablegen müssen. Sie hatte die Uhr nie besonders gemocht, fand sie altmodisch, verglichen mit den farbenfrohen Modellen ihrer Freundinnen. Erst viel später hatte sie sie schätzen gelernt. Das Angebot Minettis ärgerte sie. Was dachte sich dieser Mensch eigentlich? Dass mit Geld alles machbar sei?

„Das ist ein Familienerbstück, davon trennt man sich nicht ohne Not! Geld ist nicht alles im Leben, verstehen Sie?"
Herausfordernd starrte sie Minetti an. Der war von ihrer Ablehnung keineswegs beeindruckt, nannte ihr mit einem feinen Lächeln den Preis und bot ihr einen Monat Bedenkzeit. Die Höhe des Angebots verursachte Karen leichten Schwindel und der Protest blieb ihr im Halse stecken. Zum Abschied schenkte ihr der Dottore noch ein

kleines Buch, *Das Fräulein von Scuderi*, als Entscheidungshilfe, wie er sagte.

Am nächsten Morgen schrillte die Türglocke erneut und Karen öffnete widerwillig. Sie hatte wenig geschlafen und gar keine Lust, Besuch zu empfangen. Thomas Kamprath stand in der Tür und bat, sie sprechen zu dürfen. Er legte *Das Fräulein von Scuderi* vor sie auf den Tisch, fragte mit rauer Stimme, ob auch sie vom Dottore mit dieser Lektüre beschenkt worden sei, und ob sie die Geschichte kenne. Es sei ein Kriminalroman, in dem ein begnadeter Juwelier sich nicht von seinen Werken trennen wolle und könne. Wann immer er ein Stück verkaufen müsse, hole er es sich zurück, auch um den Preis eines Menschenlebens. Karen zog scharf die Luft ein und starrte Kamprath entsetzt an.

„Und Sie haben auch …? Sie mussten ihm auch eine Uhr verkaufen?"

Er nickte bedächtig.

„Die Taschenuhr meines Großvaters. Ich habe es nach reiflicher Überlegung für klüger gehalten, auf das Geschäft einzugehen. Jetzt allerdings weiß ich, dass es noch eine dritte Möglichkeit gegeben hätte, und darüber wollte ich mit Ihnen reden, damit wenigstens Sie noch davon profitieren können."

Einen Monat später war Karen wieder zum Tee bei Dottore Minetti. Schnell war das Geschäft abgewickelt, und Minettis Augen ruhten verzückt auf der Uhr. Karens Wangen brannten, als sie den Scheck entgegennahm. Zu Hause erwartete sie Thomas mit einer Flasche Champagner und einem Päckchen. Lächelnd legte er ihr eine Uhr um das Handgelenk und küsste sie zärtlich.

„Ich bin Minetti wirklich sehr dankbar, denn durch ihn haben wir uns kennengelernt, und als er auch dir mit der *Scuderi* drohte, war das die Herausforderung, die ich brauchte, um mich mit ihm zu messen."
Selbstzufrieden strich sich Thomas über die Stoppelhaare. Es war seine Idee gewesen, eine Dublette der Uhr fertigen zu lassen, und er hatte auch den Uhrmacher ausfindig gemacht, der den Plan so hervorragend verwirklichte. Sogar der winzige Kratzer am unteren Glasrand fehlte nicht. Karen lächelte und dankte Thomas mit einem leidenschaftlichen Kuss.

Ihrem Geheimnis würde hoffentlich keiner der beiden je auf die Spur kommen. Sie hatte die beiden Uhren völlig identisch verpackt und sie dann in einem Tuch durcheinandergewirbelt. Das Schicksal sollte entscheiden, wem das Original zustand. Das war sie ihrem Gewissen und Minettis Scheck schuldig.

Kafka

Sie hatte ihn nur wenige Male gesehen, aber von Anfang an flößte *er* ihr Angst ein. Das war nichts Ungewöhnliches, vieles in ihrem Leben löste Ängste aus. Seit ihrer Kindheit waren Ängste ihre treuen Begleiter. Sie kannte es nicht anders, schließlich – sie war darauf vorbereitet worden: Immer und immer wieder hatte sie Sätze gehört wie: Das Leben ist hart, im Leben bekommt man nichts geschenkt, gute Freunde passen in einen Fingerhut. Der Start in ihr Erwachsenenleben bestätigte diese Prophezeiungen hinreichend. Nach mehreren gescheiterten Beziehungen lebte sie alleine, beruflich standen die Dinge zwar gut, aber das, was man ein glückliches, erfülltes Leben nennt, hatte Jule noch nicht für sich entdeckt. In letzter Zeit meldeten sich ihre Ängste zurück. Vehement dominierten sie ihr Leben und auch die Sitzungen beim Therapeuten änderten bislang nichts daran.

An diesem grauen Samstagmorgen im Januar hatte sie den heroischen Entschluss gefasst, *ihren Ängsten zu begegnen.* Ihr Therapeut hatte ihr diese Aufgabe gestellt und sie war entschlossen, nicht länger zu kneifen. Sie atmete tief aus, griff sich ihre Joggingschuhe und machte sich auf den Weg. Nachdem sie *ihm* zwei Mal begegnet war, hatte sie *seinetwegen* auf den geliebten Lauf am zeitigen Morgen verzichtet.

Er hatte ein ungepflegtes Äußeres, struppiges Haar und – sie bemerkte es, als er sich ihr näherte – einen etwas strengen Körpergeruch. Sie dachte ungern zurück an diesen Moment, Schweiß stand ihr auf der Stirn, das Herz raste und ihr Gehirn war so blockiert, dass es nicht einmal den lebensrettenden Befehl zum Davonlaufen auslöste. Er musterte sie kurz und drehte dann ab, vielleicht war es das Auftauchen der Müllmänner, die am frühen Morgen ihrer Arbeit nachgingen, was ihn bewog, zu gehen. Wie lange es dauerte, bis ihre Beine wieder die Arbeit aufnahmen und sie nach Hause brachten, hatte sie nicht mehr sagen können. An das Pfefferspray in ihrer Tasche hatte sie keine Sekunde lang gedacht.

Es dämmerte gerade, als sie loslief. Der Januar und der ganze bisherige Winter waren kein bisschen winterlich gewesen und auch heute war es so warm, dass sie schon bald die Mütze auf dem Kopf als lästig empfand und sie herunterriss. Sie hatte die Wohnblocks hinter sich gelassen und war in die kleine Gasse eingebogen, die leicht abschüssig, hinunter zum Fluss führte. Ihre Ohren waren mit dem Kopfhörer ihres I-Pad verstöpselt und Bruno Mars schmeichelte *Marry You* in ihr Ohr. Wahrscheinlich deshalb bemerkte sie nicht gleich, dass *er* ihr folgte. Als sie es bemerkte, setzten die sattsam bekannten Mechanismen ein: Ihr Herzschlag vervielfältigte sich, in ihren Ohren begann es zu dröhnen und eine Hitzewelle nach der anderen durchflutete ihren Körper. Sie zog das Tempo an, lief schneller, obwohl ihre Beine nicht mehr zu funktionieren schienen. Ihr Atem ging stoßweise, war kurz und flach. Vergessen die Anweisungen des Therapeuten.

Kurz vor dem Erreichen des Ufers stolperte sie und fiel hin. Sie registrierte kurz einen Schmerz am Knie, von dem sie sofort abgelenkt wurde. *Er* war direkt vor ihr, schien sie kurz zu mustern und stürzte sich auf sie. Sie versuchte, sich unter ihm wegzudrehen, aber er schleckte ihr mit der Zunge quer übers Gesicht, setzte sich dann auf seine Hinterbeine und winselte leise. Dann bückte er sich, nahm etwas vom Boden auf, um es gleich darauf wieder auszuspucken. Jule blinzelte heftig und wischte sich übers Gesicht. Vor ihr lag ein alter, leicht vermoderter Knochen. Der Hund winselte lauter, machte mehrfach den halbherzigen Versuch aufzustehen, ließ sich aber immer sofort wieder auf seine Hinterbeine fallen und begann aufmunternd zu bellen.

Als er sah, dass Jule bei jedem Laut zusammenzuckte, ließ er es und verfiel stattdessen wieder in ein Winseln. Es klang besänftigend, beruhigend. Langsam erfasste Jule die Situation: Dieser Hund wollte ihr nichts Böses, das war sicher. Der Knochen war offensichtlich so etwas wie ein Gastgeschenk, ein Freundschaftsantrag, um mit der Sprache von Facebook zu reden. Vorsichtig, ganz vorsichtig, wie es Jule schien, näherte sich seine Nase ihrem Gesicht von Neuem. Sie hielt still, ängstlich noch, aber nicht mehr in Panik. Erneut schleckte er ihr liebevoll das Gesicht. Jule drehte das Gesicht weg.

„Pfui!" Sie bemühte sich, ihrer Stimme einen energischen Ton zu geben, was offensichtlich auch gelang, denn er hörte sofort auf zu schlecken. Stattdessen schob er seinen Kopf energisch in ihre Armbeuge, während sein Schwanz mit hoher Frequenz hin und her wedelte. Jule war erleichtert und gerührt. Womit hatte sie sich die Zuneigung dieses Streuners verdient? Vorsichtig begann sie, ihm über den struppigen Kopf zu streicheln. Ja, ein Streuner war er, das konnte sie leicht sehen. Nicht nur der strenge Körpergeruch ließ auf mangelnde Pflege schließen, dem Fell fehlte auch der Glanz und seine Knochen hoben sich konturenscharf darunter hervor. Jules Liebkosungen schienen ihm zu behagen, er seufzte tief auf und verdrehte die Augen und ließ seine Zunge aus dem Maul hängen. Die Lefzen schoben sich seitlich nach hinten, so dass ein dümmlich wirkendes Grinsen in seinem Gesicht stand. Jule musste lachen. Charme hatte der Bursche, ohne Frage. Sie rappelte sich auf und machte sich auf den Rückweg. Erleichterung machte sich breit, erfasste auch die kleinste Zelle ihres Körpers. Sie fühlte sich entspannt, heiter und – stolz, dieses Abenteuer bestanden zu haben. Gefühle, die sie schon lange nicht mehr empfunden hatte. Der Hund umkreiste sie schwanzwedelnd, und erst kurz vor ihrem Zuhause wurde ihr bewusst, dass er offensichtlich entschlossen war, sie nicht mehr zu verlassen.

„He, ich kann dich nicht mitnehmen. Geh nach Hause! Du brauchst jemand, der sich um dich kümmert, mit dir läuft, mit dir schmust, sich mit dir freut. Jemand, wie …", jemand wie mich!, schoss es ihr durch den Kopf, und sofort, nachdem sie diesen Gedanken bewusst wahrgenommen hatte, stemmte sich alles in ihr dagegen. Wie sollte das funktionieren? Wahrscheinlich hatte er doch irgendein Zuhause und einen Besitzer, auch wenn sein

Äußeres nicht den Anschein erweckte. Ihre Ratlosigkeit weckte Ärger.

„Los, hau ab!" Mit einer weit ausladenden Geste ihres Armes unterstrich sie ihren Befehl. Der Hund, irritiert durch die Schärfe in ihrer Stimme, wich drei Schritte zurück, setzte sich und hielt den Kopf schief, das Gesicht in gespannter Aufmerksamkeit.

„Du kannst nicht, verstehst du nicht … es geht nicht …" Bei jedem ihrer Worte drehte er den Kopf, mal nach rechts, mal nach links und seine Augen signalisierten kluges Verständnis.

„Mach dir doch nicht so viele Gedanken! Ich bleib einfach mal bei dir, alles andere findet sich!" Jule war sich ganz sicher, genau dieser Satz stand in seinem Gesicht, begleitet durch den schelmischen Gesichtsausdruck, der wohl bedeutete: Na los, du Spaßbremse, entspann dich! Zusammen werden wir uns amüsieren! Es war so entwaffnend, dass sie kapitulierte.

Nachdem sie zusammen gefrühstückt hatten, unterzog sie ihn einer gründlichen Säuberung, die er geduldig ertrug. Seufzend ließ er sich auf die bereitgelegte Decke fallen, atmete tief aus und schnarchte bald schon leise vor sich hin. Jule beobachtete ihn fasziniert. Das war die hohe Schule der Entspannung! Dieser Hund brauchte keine Meditations- und Entspannungskurse, nein, der hatte das noch in den Genen.

Einsame Läufe durch die Dämmerung waren Vergangenheit. Der Hund war ihr treuer Begleiter. Ihren Therapeuten hat Jule nur noch einmal aufgesucht: zum Abschiedsbesuch. Während er Jules selbst gebackenen Schokoladenkuchen aß, lauschte er aufmerksam ihrer Geschichte.

„Und, wie heißt mein erfolgreicher Kollege?"

„Kafka, er heißt Kafka", gestand Jule, verlegen lächelnd. Der Name ist mir eingefallen, weil …"

„Ich kann es mir denken", fiel er ihr ins Wort. „*Die Verwandlung,* das ist doch eines von Kafkas berühmten Werken, richtig? Genau das hat der Hund doch bewirkt!" Er stockte einen Moment, lächelte dann und fuhr fort: „Wenn auch mit einem anderen Ergebnis als bei Kafka, gottlob!"

Jule grinste breit. „Ja", bestätigte sie nickend, „ein anderes Ergebnis, aber genauso umwälzend!"

Sagen Sie, wäre das nicht der Augenblick?
Welcher Augenblick?
Der, in dem Sie mich küssen!

Dialog zwischen Charlotte Buff und J. W. v. Goethe aus dem Film
Goethe! von Philipp Stölzl

Wäre das also nicht der Augenblick?
Welcher Augenblick?
Der, um von Herzensangelegenheiten zu erzählen.

Anna

Fast geräuschlos glitt der letzte Nachtzug aus der Halle. Der Bahnsteig war leer, bis auf einen einzelnen Mann. Er hatte sich eine Zigarette angezündet und starrte dem Zug nach, dessen rote Schlusslichter rasch kleiner wurden. Nach einigen heftigen Zügen an der Zigarette warf er sie angewidert auf die Gleise.

„Seltsam", ging es ihm durch den Kopf, „eine Woche ohne Zigaretten und schon schmecken sie mir nicht mehr." *Sie* mochte keine Zigaretten und es war ihm nicht schwergefallen, darauf zu verzichten. Für *sie* würde er alles tun. Aber sie saß in diesem Zug und von Minute zu Minute trug der sie weiter fort. Seine Eingeweide krampften sich zusammen. Zum ersten Mal gab es so etwas wie ein Zentrum in seinem Leben, einen Fixpunkt und nun verlor er ihn schon wieder.

„Anna, Anna, warum muss ich dich verlieren, kaum dass wir uns gefunden haben – und doch, ich bin so froh, dass ich dich hatte."

Nein, er hatte Anna nicht ‚gehabt'. Anna konnte man nicht haben; Anna konnte man anbeten, lieben, auf Händen tragen und dafür tausendfach belohnt werden, aber Anna konnte man nicht besitzen. Sie hatten sich geliebt – nein, nicht körperlich –, Anna hatte sich bis zuletzt geweigert, mit ihm zu schlafen, denn Anna – Anna war nicht frei.

Jenseits der Berge, irgendwo in Italien wartet ein Dr. Rechtsanwalt auf sie. Einer, der nur für seine Arbeit lebt, einer der Anna nicht verdient. Nein, nicht Neid oder Eifersucht sind der Grund für solche Überlegungen, er weiß es genau, denn er durfte in Annas Herz die Liebe wieder erwecken. Unter seinen Händen ist sie erblüht, er hat ‚ihre Seele zum Schwingen gebracht', wie sie selbst es ausdrückte.

Er ist Verleger und will Annas Buch in Deutschland auf den Markt bringen. Für eine Woche war sie nach München gekommen und eine Woche waren sie beide unendlich glücklich gewesen. Atemberaubend schnell hatten sie sich ineinander verliebt. Es war nicht nur Annas Flair – eine italienische Signora vom Scheitel bis zur Sohle –, das ihn so anzog. Anna war so anders als andere Frauen! Anna konnte mit Worten zaubern. ‚Rick' hatte sie ihn nach einem langen Blick in seine Augen getauft und behauptet, ihr beider Geschick passe gut für eine Neuverfilmung von ‚Casablanca'. Ja, er hatte sie verloren. Nicht an den Rechtsanwalt, ihn hätte er nicht zu fürchten brauchen. Er hatte sie an ihre zwei Kinder verloren. Anna ist Mutter.

‚Ein Job fürs Leben', wie sie ihm ernst mitteilte. Die Angst, ihre Kinder zu verlieren, war wohl so groß, dass sie sich bis zuletzt weigerte, mit ihm zu schlafen. Ihn hatte das fast zum Wahnsinn getrieben und doch hatte er sich damit abgefunden, froh sie in seinen Armen halten zu können. Eine völlig neue Erfahrung im Umgang mit Frauen!

Annas Brief fällt ihm ein, den sie ihm zum Abschied in die Hand drückte. Zu Hause öffnet er ihn mit zittrigen Händen. Zu Hause ist die Erinnerung an sie ganz intensiv, sogar ihr Parfum kann er noch riechen. Annas Brief – langsam, behutsam beginnt er zu lesen.

Caro Rick,

wenn du diesen Brief liest, sitze ich schon in diesem scheußlichen Zug, der mich entfernt von dir. Ich bin verzweifelt, ohne dich fehlt mir die Luft für die Atmung! Wie soll ich leben, ohne dass mich deine Liebe umkleidet (sagt man so in Deutsch?). Aber trotz meiner Verzweiflung weiß ich doch, dass der Preis für unser Glück zu hoch ist. Unsere Liebe wird zerbrechen an dem Unglück, ohne meine Kinder leben zu müssen. Wenn es ganz schlimm für dich wird, Carissimo, dann denk an die wunderbare Zeit, die wir zusammen hatten. Geh zum Chinesischen Turm, schließ die Augen und du wirst die Geschichte von der kleinen Chinesin wieder hören, die ich dir erzählte. Ich werde zu Hause deinen Pullover mit ins Bett nehmen und mir vorstellen, ich läge in deinen Armen. Ja, ich habe ihn geraubt, deinen Pullover! Hast du gar nicht bemerkt, vero? Weißt du, Carissimo, ich musste als Kind immer zum Stehlen auf die Straße, daher bin ich so gut. Vergogna! Dieser Brief ist zu schade, um ihn mit erfundenen Geschichten zu füllen. Viel wichtiger ist es, dir zu sagen, dass ich dich liebe – di tutto cuore –, und wenn wir beide auch nicht Liebe miteinander gemacht haben, bin ich dir doch so nahe gewesen, wie ich es meinem Mann niemals war. Warum ich es nicht zugelassen habe, möchtest du wissen? Wahrscheinlich denkst du, dass ich mich gefürchtet habe vor dem Ehebruch. Nein, caro, dazu war es längst zu spät. Der Ehebruch begann beim ersten tiefen Blick in deine Augen. Ich habe mich verweigert, weil ich wusste, dass ich mich dann endgültig an dich verliere. Certamente wäre es so schön gewesen, dass ich es nicht mehr geschafft hätte, dich zu verlassen. Nun bist du

verzweifelt, nicht wahr? Schimpfst du dich töricht? No, caro, no, sei nicht dumm jetzt! Du hast meine Bitte erfüllt und dadurch unsere Liebe gerettet. Hast du noch nie gehört, dass Kinder erwachsen werden? Dann werde ich ‚Rick' in die Augen schauen und sagen: ‚Sono tua – ich bin dein!' Es ist dir zu lange, zu warten? Nun, dann werde ich wohl ein zweites Buch schreiben müssen und Sie, Distinto Signore, werden es für mich verlegen, splendida idea, vero? Siehst du, nun kannst du sogar lächeln!
Wir hatten eine große Liebe, acht Tage lang nur – aber viele Menschen haben das nie!
Bis zum Wiedersehen, irgendwann – addio, tesoro, Anna

Der Schmerz über den Verlust ist jetzt wieder so stark, dass er ihn körperlich fühlen kann. Ihm wird übel. Stöhnend atmet er aus und strafft die Schultern. Ihre Liebe wird gleich zu Beginn auf die Probe gestellt, aber deshalb aufgeben? Niemals! Wenn sie wiederkommt, wird er sie lieben, lieben, wie sie noch nie geliebt wurde und wie nur sie es verdient. Hier ist nicht Casablanca, hier ist München und er ist nicht Rick! Es muss einen Weg für sie geben, und wenn er jetzt noch versperrt ist, dann wird er warten. Für Anna wird es sich lohnen.

Eine Fahrradliebe

Carl schlägt den Kragen seines schwarzen Wollmantels hoch. Es war zwar schon März, aber gerade heute schien der Winter nochmal zu zeigen, was in ihm steckt. Regen und nassen Schnee gleichzeitig schickt der graue Frühlingshimmel zur Erde und ein kalter Ostwind pfeift durch die Kleider.
In zwei Stunden würde man sie zu Grabe tragen, seine große Liebe! Er ist noch immer unschlüssig, ob er an der Beerdigung teilnehmen soll. Er wollte alleine sein mit seinem Schmerz, er wollte einen ganz persönlichen, ausschließlich ihm vorbehaltenen Abschied. Er fürchtete jedoch den Klatsch, wenn er fern bliebe. Es war bekannt, dass Elisabeth ihm nahe gestanden hatte, den wenigstens allerdings, wie nahe. In seinen Händen hält er ein Päckchen: Gedichte und Briefe, die er und Elisabeth verfasst hatten. Er hat vor, sie ins Grab zu werfen, es den alten Ägyptern gleichzutun, die ihre Lieben mit Grabbeigaben für das Leben im Jenseits versorgten. Mehrmals hatte er in den letzten Wochen die Briefe und Gedichte gelesen und versucht, die Zeit ihrer Liebe wieder in sein Leben zu holen, und wieder und wieder hatte er dadurch den Schmerz des endgültigen Abschieds ausgekostet. Bis er keine Kraft mehr hatte und beschloss, die Erinnerungen zu opfern. Wenn er sie jetzt ins Grab werfen würde, würde er dann Ruhe finden? Würden dann endlich die Zeit und das Vergessen mildtätig den Schmerz tilgen? Das Vergessen! Das Wort rüttelt ihn wach, schnellt ihn aus der Lethargie seines Selbstmitleides. Vergessen –

was, wenn er wirklich vergessen würde? Vergessen, das unbeschreibliche Glücksgefühl, die Vertrautheit, kurz – das Kostbarste, das ihm das Leben bisher schenkte? Es wäre eine Sünde!

Die Erkenntnis hatte etwas Heilendes, Klärendes. Sein Verstand sagt ihm, dass der Schmerz weniger werden würde und dass die Kraft wiederkehren würde, die Briefe so zu lesen, wie sie gelesen werden sollten: in dankbarer Erinnerung und nicht in haltlosem Selbstmitleid.

Es trifft ihn wie ein Keulenschlag. Was für eine Torheit! Das Beste, was ihm blieb einer theatralischen Geste zu opfern! Eine Geste, die allen anderen zeigen sollte, wie nah ihm die Tote stand, eine Geste, die den Anspruch auf größtmögliche Trauer manifestieren sollte. *Sie* würde missbilligend den Kopf schütteln, die Stirne runzeln und ihn dann womöglich mit leicht nachsichtigem Spott in der Stimme fragen:

– Glaubst du denn im Ernst mein Lieber, Trauer ließe sich in Maßeinheiten fassen?

Er hatte sich schon einmal in Trauer und Selbstmitleid verloren, damals als seine erste Frau gestorben war, und er hatte doch Elisabeth das Versprechen gegeben, nicht allzu lange im düsteren Irrgarten der Trauer zu verweilen. Liebevoll betrachtet er das Päckchen in seinen Händen. Es war ein Schatz, das Vermächtnis einer großen Liebe. Die Dankbarkeit durchflutet seinen ganzen Körper. Wie viele Menschen gab es wohl auf dieser Erde, die so eine Liebe erleben durften? Nicht allzu viele, da war sich Carl sicher, sonst wäre es um diese Welt besser bestellt.

Noch drei Stunden hat er Zeit bis zur Beerdigung. Er lässt das Päckchen in seine große Manteltasche gleiten und

kehrt dem Kloster den Rücken. Er quert die Tauber und steigt mit großen, eiligen Schritten den gegenüberliegenden Hang hoch. Der Waldweg mündet nach einiger Zeit in eine kleine Wiese, die sich idyllisch in den Wald streckt, die Bäume zurückdrängend und den Blick auf den Himmel freigebend. Die Wolken reißen mehr und mehr auf, die Sonne scheint und wärmt aufs Angenehmste die Knochen. Carl setzt sich auf einen Baumstamm, der im Windschatten liegt. Er zieht das Päckchen aus der Tasche und fingert ein Photo heraus. Es zeigt eine große, schlanke, junge Frau, in einem langen weißen Kleid.
– Die Gesichtszüge sind schlecht zu erkennen. Ich hätte näher rangehen sollen beim Photographieren, schalt er sich. Trotzdem gibt das Photo preis, was wichtig ist: eine junge Frau auf einer Frühlingswiese, nahe einer alten Weide. Eine außergewöhnliche Erscheinung, an Bewunderung gewohnt. Eine junge Frau, die das Leben noch vor sich hat, viele Möglichkeiten offen und nichts deutet darauf hin, dass das Leben sich nicht an diese Option halten würde.
Carl, der Photograph, war ihr größter Bewunderer, ihr brüderlicher Freund und darüber hinaus – der Mann ihres Herzens. Das aber mussten sie streng verbergen vor der Welt. Carl durchsucht die losen Blätter nach der Liebeserklärung, die ihm am liebsten war.

Was sie ersehnten, ist gekommen.
Sie wähnten sich im Märchenreich:
Er hat sie an sein Herz genommen.
Wo ist ein Glück – dem ihren gleich?

Und dann seine Antwort:
> *Liebesfrühlingssonn' bescheint*
> *Unser Sinnen, Hoffen, Streben;*
> *Denn geschlossen und vereint*
> *Ist der Bund für uns im Leben.*

Viele Gedichte folgten dieser ersten behutsamen Liebeserklärung, und tief in seinem Inneren ist Carl noch immer verwundert, dass Elisabeth, die elegante, gut aussehende, junge Frau, sich in ihn verliebt hatte. Immerhin – er war dreizehn Jahre älter als sie, er war Witwer, hatte einen Sohn und die Wahrscheinlichkeit, dass Elisabeth sich ausgerechnet in ihn verlieben würde, war gering, angesichts noch etlicher anderer attraktiver Verehrer: junge, gut aussehende Männer in aussichtsreicher beruflicher Position. Weshalb also hatte sie gerade ihn gewählt?

Elisabeth, diese junge, intelligente und ehrgeizige Frau, hatte sich auf ihn eingelassen. Fast zwanzig Jahre lang hatten sie ihre Zuneigung zueinander gepflegt und sie gleichzeitig mühevoll vor der Welt versteckt. Eigentlich hätte ja alles so einfach sein können: Er, Carl, der Witwer, hätte Elisabeth zu seiner Frau nehmen können, er hätte ihr durchaus auch einen gesicherten Lebensunterhalt bieten können, schließlich – er war Lokomotivführer.

Ein gesicherter Lebensunterhalt, das war es nicht, was Elisabeth sich wünschte, oder besser, für diesen Lebensunterhalt wollte sie selbst sorgen. Sie liebte ihren Beruf, und diese Liebe war so groß, dass sie bereit war, dafür ihre gemeinsame Liebe zu opfern. Es gab damals noch keine Alternative: entweder Heirat oder Beruf!

Elisabeth hätte ihren Beruf nicht mehr länger ausüben dürfen nach einer Eheschließung. Carl erkannte schnell, welche Prioritäten sie setzte, und obwohl er sich häufig vor Augen hielt, wie aussichtslos diese Liebe sei, konnte er doch nicht von ihr lassen und sie nicht von ihm.

Das, was sie aber wohl am allermeisten an ihm schätzte, war seine Toleranz. Die meisten seiner Geschlechtsgenossen missbilligten Elisabeths Ehrgeiz, noch mehr ihren Drang zur Unabhängigkeit. Häufig hatte sie das Gefühl, isoliert zu sein, denn auch die anderen Frauen versuchten immer und immer Elisabeth auf ihre traditionelle Rolle als Frau einzuschwören. Sie hatte ihm erzählt, dass sie schon als Kind lieber mit ihren Brüdern und deren Freunden spielte und von der Mutter deshalb *Bubeschmecker* gescholten wurde. Ihr Vater dagegen akzeptierte sie so, wie sie war, nahm sie mit auf nächtliche Wanderungen und förderte ihren Wissensdurst so gut er es vermochte. Elisabeth war sehr begabt, sie sog den Unterrichtsstoff auf, wie ein Schwamm das Wasser. Sie übersprang eine Klasse, beendete die Schule mit hervorragenden Noten. Die Musikhochschule zu besuchen, war ihr ganz großer Traum. Die Realität war der Besuch der Präparandenanstalt, dem sich ein dreijähriges Seminar anschloss. Sie wurde Lehrerin. Ihre Selbstständigkeit und die damit verbundene Unabhängigkeit genoss sie sehr, und immer weniger konnte sie sich mit dem Gedanken anfreunden, den Rest ihres Lebens nur Ehefrau zu sein.

Als sie in Lauda ihre erste Stelle antrat, wohnte sie im Haus von Carl, und dieser erlag sehr schnell dem Charme, dem Wortwitz und der Schönheit von Elisabeth. Ihre fröhliche Art, ihr mitreißendes Lachen und ihre Unternehmungslust wirkten sich heilend auf Carls Gemütsverfassung aus.

Manches, was in mir verkümmert,
Nur durch dich jetzt anders schimmert.

Sein Geständnis an sie.
Die Liebe zur Musik, die beide teilten, bot die Möglichkeit, sich näher kennenzulernen. Sie spielte Geige und Violine, er Zitter und Gitarre, und Carl ertappte sich ziemlich rasch dabei, nach Gründen zu suchen, um mehr Zeit mit ihr zu verbringen.
Unter dem Vorwand, noch Übung nötig zu haben, trafen sie sich bei Elisabeth zum Üben. Er war kurz verwundert, dass sie so schnell zustimmte, er hatte befürchtet, sie wäre ablehnender aus Sorge um ihre Reputation. Schnell erfasste er, dass Elisabeth sich von dergleichen wenig beeinflussen ließ. Sie folgte ihrem inneren Kompass, der ihr sehr genau vorgab, welche Menschen ihr guttaten und welche weniger. Immer kürzer wurden also die Zeiten des Musizierens, immer länger dagegen die Unterhaltungen.
Staunend lauschte Carl der jungen Frau, die ihm beispielsweise begeistert von nächtlichen Spaziergängen erzählte, mutterseelenallein und ohne jegliche Hilfsmittel wie etwa Kerze oder Fackel. Nach dem Grund für solche Ausflüge befragt, erklärte Elisabeth mit leuchtenden Augen, es sei die Suche nach sich selbst, ihrem eigentlichen, tiefsten Inneren, die sie dazu trieb.
Man sah es Carls angestrengt gerunzelter Stirn an, dass er diesen Grund nur schwer nachvollziehen konnte. Erst als

Elisabeth ihm erzählte, dass sie seit ihrer Kindheit diese nächtlichen Spaziergänge mit ihrem Vater zusammen unternommen hätte, ließ ihn halbwegs verstehen. Er konnte sich nicht verkneifen, seine Besorgnis dieser Ausflüge wegen zu äußern. Elisabeths Lächeln, so selbstsicher und sogar ein wenig spöttisch, wie ihm schien, ließen weitere Einwände nicht zu.

Immerhin, und das war das Gute an der Sache, boten sie einen Anknüpfungspunkt für weitere gemeinsame Unternehmungen.

Was folgte, war die Zeit seliger Verliebtheit, die Zeit der unbekümmerten Freude, wo weder Raum noch Zeit ist für Zweifel und Grübeleien. Eine Verabredung zu einem Ausflug mit dem Fahrrad wurde getroffen. Bei diesem Ausflug ließen sich die Gefühle nicht mehr länger in ihre Schranken verweisen:

Wie mein Speichenherz tut strahlen,
Seit ich erstmals dich geseh'n!
Meine Kurbeln mit Pedalen
Sich nochmal so leicht jetzt dreh'n.

So seine Liebeserklärung an Elisabeth.

Es kam der Tag – er sei gesegnet –,
Wo ich dich sah zum ersten Mal,
Der Tag, wo ich in dir gefunden
Mein heiß ersehntes Ideal.

Zwar hab' ich eine Menge Fehler,
Und eitel bin ich auch mein Teil.

Doch meine Herrin sagt es offen,
Ich sei auch nicht für jeden feil.

Hast du den Mut, mit mir's zu wagen?
Ich bin dabei und folge dir
All überall, nur wenn's bergauf geht,
Ja dann – nicht wahr –, dann folgst du mir?

So lautete Elisabeths Antwort. Ein Lächeln huscht über sein Gesicht, als er ihre Anspielung auf den Altersunterschied liest. Das Gefühl der großen Verliebtheit, der unbeschwerten Fröhlichkeit ist mit einem Mal wieder ganz da und schmunzelnd liest er seine Antwort:

Und bin ich älter auch an Jahren
In junger Lieb bin ich entbrannt,
Und will mit dir durchs Leben fahren!
Ich hab' mich rein in dich verrannt!

Schau her, geht es ihm durch den Kopf, da hab ich mich doch ganz gut verkauft!
Was hatten sie Spaß und Freude bei ihren Ausflügen mit den Fahrrädern! Viele Gedichte berichten davon, und es war vortrefflich, dass auch er, Carl, Freude an Bewegung und Sport hatte, vermutlich – ja ziemlich sicher, hätte er sonst nicht bei ihr punkten können. Sie waren wahrhaftig nicht anspruchsvoll: Die Landschaft, das Fahrrad und der Genuss des Einfachen genügten voll und ganz:

Als wir mit Zugeshilf die Höh
Bis Eubigheim erstiegen,
Da konnten wir mit Hochgenuss
Nach Hardheim runterfliegen.
Dort gab's Kaffee und Butterbrot,
Das macht uns erst recht heiter.
Die Wirtin hätt gern ausgefragt –
Doch – ging's bald wieder weiter.

Von Anfang an war er präsent, der Zwang zur Heimlichkeit, zum Vertuschen und Täuschen, denn Elisabeth ist nicht gewillt, ihre Liebe öffentlich zu machen. Ihr Beruf, ihr Ehrgeiz, auf der Karriereleiter vorwärtszustreben, das alles bedingte Opfer. Er hatte dem nur geringen Widerstand entgegengesetzt, wissend, dass er sie sonst verlieren würde.
Trotz aller Vorsicht begannen schon bald das Munkeln und der Tratsch. Fatal und gefährlich vor allem für Elisabeth, denn ein moralisch untadeliger Lebenswandel war Pflicht für sie. Wie sehr sie wohl darunter gelitten hat, immer Verstecken spielen zu müssen, immer zu tarnen und zu täuschen? Wie, um sich nachträglich noch ihrer Komplizenschaft und ihrer Entschlossenheit zu versichern, blättert er schnell an die Stelle, wo sie sich trotzig ihre gegenseitige Zuneigung versichern:

Wollen uns im fern'rem Lauf
Unser Glück die Menschen hemmen –
Uns're Rücktrittbremse nehmen.
Werden wir als Antwort drauf …

Das mutige Bekenntnis im Alltag auch zu leben, erwies sich als weitaus schwieriger.

> *Doch inmitten reinster Freud*
> *Wohnen hasserfüllte Leut'.*
> *Wenn entstand da Zwistigkeit,*
> *War bei uns stets Einigkeit.*

Das Verhängnis nahm seinen Lauf. Zwei Jahre später flieht seine geliebte Elisabeth vor dem Getuschel und lässt sich versetzen.

> *Machen Sie das Wort nicht wahr,*
> *Dass Sie uns verlassen wollen!*
> *Weil auch fernerhin mir klar*
> *Sonn' und Sterne leuchten sollen!*

Er kann die tiefe Niedergeschlagenheit von damals noch immer fühlen, die beim Verfassen dieses Gedichtes seine Feder führte. Ihre Antwort zeigt grimmige Entschlossenheit, die Sache durchzuziehen.

> *Die Würfel sind gefallen!*
> *Das Rad – es rollt!*
> *Nun muss mir auch gefallen,*
> *Was ich gewollt.*

Ganz ohne Hoffnung will sie aber nicht Abschied nehmen:

> *Ganz ohne Hoffnungsschimmer*
> *Muss ich nicht geh'n;*

Winkt uns denn nicht noch immer
Das Wiederseh'n?

Und Carl wünscht sich:

Mög' aus diesem großen Haus
Ziehen jetzt wie du hinaus,
Denn in ihm wohnt Hass und Neid
Mehr noch, wie es hoch und breit. –

Die Gedichte werden wehmütiger, Abschiede, Trennungsschmerz, Einsamkeit – wie gut, dass sie schon damals so viele gute Erinnerungen hatten, die ihnen halfen über die Trennung hinwegzukommen. Und wie gut, dass sie nicht ahnten, welch harte Herausforderungen das Leben noch für sie bereithielt.
Der Erste Weltkrieg brach über sie herein, mit all seinen Schrecken, seinen Opfern und seinen Entbehrungen. Carl streift sie nur kurz, diese Phase, die natürlich auch in den Gedichten festgehalten wurde. Er ist heute schon deprimiert genug, zu kraftlos, um noch in vergangenen Ängsten und Entsetzen zu verweilen. Und doch – er ist erstaunt, als er die Stelle findet –, und doch haben sie sogar in diesen harten Tagen die Kraft für den einen oder anderen humorvollen Schlagabtausch gefunden. Schmunzelnd liest er seinen Lobgesang auf Bismarck und seine Verwunderung darüber, dass Elisabeth nicht einstimmen mag.

Aber Verse auf ihn schmieden
Sollen andere für mich.

Meine Verse nur gelingen,
Wenn sie sind bestimmt für dich.

Ihr Gedicht enthielt überdies eine humorige Aufforderung, mittels einer Spende die Arbeit des Reichskanzlers zu unterstützen, was allemal hilfreicher sei als eine Ode an ihn. Folgsam ist er ihrem Spendenaufruf gefolgt und hat zwanzig Reichsmark in Gold gegeben, nicht ohne ihr humorig, ironisch zu antworten. Im größten Elend, in der mächtigsten Angst solche Briefe von ihr zu bekommen, das hat ihm geholfen zu überleben, dessen ist sich Carl heute noch ganz sicher.
Habe ich ihr geben können, was sie brauchte und was sie verdiente? Diese Frage quält Carl schon lange. Hätte ich mich zurückziehen sollen aus ihrem Leben, so dass sie sich einer neuen Beziehung hätte öffnen können? Schließlich – dies immerwährende Versteckspiel war nicht einfach. Mehrmals wechselte Elisabeth ihren Arbeitsplatz, immer auf der Flucht vor übler Nachrede und Gerüchten.
Als sie zur Hauptlehrerin befördert wird, freut er sich von Herzen mit ihr, obwohl er weiß, dass sie sich mehr und mehr voneinander entfernen. Dann aber plant sie, auch in Königheim ihre Zelte abzubrechen, und er unternimmt aufs Neue einen schüchternen Versuch, sie zur Rückkehr zu bewegen.

Hast du nicht Lust hierherzukommen?
Die Bahn wird frei – das Haus wird leer –
Nur flugs die Wohnung übernommen,
Dann ist behoben all Malheur –

Elisabeth wusste nur zu gut, dass gar nichts behoben wäre, oder wenn doch, dann nur um den Preis einer Heirat und den Verzicht auf ihren Beruf.

Sie harrt noch vier weitere Jahre in Königheim aus und während dieser Zeit werden die Gedichte noch spärlicher und die Wiedersehen ebenfalls. Wir waren dazu gezwungen, es ging schließlich um ihre Reputation! Carl braucht diese Rechtfertigung heute mehr denn je. Heute hat er einfach nicht die Kraft, der Möglichkeit ins Auge zu sehen, sie hätten sich entfremdet.
Sie beide, sich entfremden? Wie sollte das jemals wirklich möglich gewesen sein? Zwei, die sich so liebten, die Meinungsverschiedenheiten immer so liebevoll und humorvoll auflösten, wie hätten ausgerechnet sie …
Ihre Liebe hatte sie beide aufgeweckt. Die starke körperliche Anziehung, die von ihr ausging und ihn traf wie ein Blitz, hatte schon nach kurzer Zeit auch Elisabeth erfasst. Niemals, so gestand sie ihm, habe sie geahnt, was in ihr stecke. Es sei sein Verdienst, den Eros in ihrem Leben geweckt zu haben, wach geküsst aus einem Dornröschenschlaf. Ein Lächeln überzieht Carls Gesicht, als ihm dieses ganz besondere Geständnis Elisabeths in den Sinn kommt, und dann packt ihn der Schmerz mit wilder grausamer Heftigkeit. Er lässt seinen Tränen freien Lauf. Das Weinen wird zum heftigen Schluchzen und der Schmerz schüttelt ihn durch und durch.
Wie lange er sich so dem Schmerz hingegeben hat, wusste er nicht, aber es musste während dieser Zeit heftig geregnet haben, wie er jetzt erstaunt feststellt. Sein Mantel ist vor Nässe zentnerschwer geworden. Die Sonne schafft

es eben wieder, durch die Wolken zu brechen. Er schaut auf. War da nicht vielleicht ein Regenbogen zu sehen, von dem man glauben konnte, *sie* hätte ihn geschickt? Nichts, kein Zeichen, kein Trost.
– Hätte ich mir denken können, so einfach hast du es mir ja noch nie gemacht! Wehmütig schaut er auf das Päckchen in seiner Hand. Er erinnert sich, wie er sie vor ihrer letzten Versetzung gebeten hatte, nicht zu gehen. Für sie war es die Erfüllung eines langgehegten Wunsches: die Versetzung in eine große Stadt, nach Mannheim, das *Hinterland verlassen*. Für ihn, Carl, war es eine Katastrophe. Erfolglos seine Bitten, in der Nähe zu bleiben, denn schließlich sei sie ihm doch *ganz unentbehrlich*. Enttäuscht und nachdenklich hatte er seiner lieben Freundin geschrieben:

In Wertheim hat's dir nicht gefallen.
Vielleicht in Poppenhausen dort?
Und Kühlsheim? Königheim? – Von allen
War Lauda doch der schönste Ort –

Ja, er war sehr enttäuscht damals, dass sie ihren Weg so konsequent ging, so ohne jede Rücksicht auf ihrer beider Liebe. Er hätte das nicht gekonnt, im umgekehrten Fall. Eine überflüssige Überlegung, wie er sich jetzt eingesteht, denn er war nie vor die Wahl gestellt, musste nie den Beweis diesbezüglich antreten. Er hatte versucht, sich einzurichten in dem Leben fern von ihr. Schwer genug war es gewesen. Es hätte wahrhaftig nicht noch jener Hiobsbotschaft bedurft, dass Elisabeth ernsthaft erkrankt war.

Endlich als Elisabeth am Ziel ihrer Wünsche war, zumindest ihrer beruflichen Wünsche, spielte das Schicksal seine Karten aus. Nur vier Wochen nach ihrer Versetzung kommt sie ins Luitpoldkrankenhaus nach Würzburg, Diagnose: Tuberkulose!

Ob die Verse zum Geburtstag und Namenstag sie erfreuten? Sie ablenkten von der Krankheit und den damit verbundenen dunklen Gedanken und Ängsten? Und hätte er ihr nicht noch öfter schreiben sollen? Sie noch besser trösten? Carl schüttelt sich. Unnötig, sich jetzt darüber den Kopf zu zerbrechen. Er hatte getan, was er für richtig hielt und ja – auch, was in seinen Kräften stand, denn jeder Brief und jedes Gedicht hatte er sich unter großen Kummer abgerungen, dabei stets bemüht, dies gut zu verbergen, stattdessen Mut zu machen und sie aufzuheitern. Lange hatte er gegrübelt, bis er einen Schlussvers wie

Dein alter Freund und Wortverbinder
Vervielfältigter Zeilenschinder
Langjähr'ger Festtagsreimewinder

oder aber:

Dein
mit der Zeit ansehnlich dicker
ganz vollgepfropfter
Verseflicker.

zu Papier gebracht hatte. Es war nicht einfach, mit dem Herz voll Kummer solche Zeilen zu schreiben, und er

hoffte inständig, dass sie den erwünschten Erfolg hätten und seiner Elisabeth ein Lächeln auf ihr schönes Gesicht zaubern würden.
Carl seufzt tief auf. Ein Blick auf die Uhr zeigt, dass es höchste Zeit ist, sich dem Unvermeidlichen zu stellen. Ein letzter Liebesdienst für seine geliebte Freundin. Mit schnellem Schritt geht er den Weg zurück zum Friedhof. Die Beerdigung läuft an ihm vorbei. Er hätte nicht mehr zu sagen vermocht, was der Pfarrer gesagt hatte, noch wer anwesend war. Ziemlich schnell verlässt er den Friedhof, als an der Pforte unvermittelt jemand nach seinem Ärmel greift und ihn stoppt. Es ist Fanni, Elisabeths Schwester.
Mit blassem Gesicht lächelt sie ihn an.
„Danke, Carl! Danke, dass du ihr ein so treuer Freund gewesen bist. Das hat ihr sehr geholfen. Ich soll dir sagen, sie wisse jetzt, dass *du* ihr ganzes Sehnen warst, *du* warst ihr Glück und du mögest ihr verzeihen, dass sie so lange gebraucht hat, bis sie das erkannt hat. Als sie es endlich erkannte, war sie schon krank und hatte nicht mehr den Mut, sich dir zu offenbaren. Sie hielt es für ungerecht, dich jetzt mit ihrem Leiden zu belasten. Ich bringe dir eine letzte Nachricht von ihr. Sie konnte sie nicht mehr selbst schreiben, sie hat mich beauftragt …" Fanni bricht ab. Sie drückt ihm ein Blatt Papier in die Hand, zusammengerollt und mit einer rot-weißen Kordel geschlossen. Carl rollt das Papier auseinander und erkennt die Worte sofort wieder, sie stammen aus einem Gedicht, das Elisabeth schrieb:

Gleich dem Frost, dem Frühlingsfeinde,
So der Menschen Neid und Wut

> *zielt auf uns – die treuen Freunde –*
> *Und die Pfeile treffen gut.*
>
> *Doch die Kräfte, die uns binden,*
> *Kennen viele Neider nicht.*
> *Wie viel Feinde sich auch finden –*
> *Dieses Band doch nie zerbricht!*

Carl schaut Fanni an. Zu einer Antwort ist er nicht fähig. Fanni versteht ihn auch so. Sie drückt ihm die Hand, mühsam die Tränen bekämpfend. In diesem Moment bricht die Sonne zwischen den Wolken durch und da ist er: der Regenbogen, Elisabeths Regenbogen.

Gute Nacht, du ...

Oft sind es ja *Kleinigkeiten*, die die gewohnte Ordnung stören. Ja sogar wenn sich das Leben auf den Kopf stellt, Kapriolen schlägt, ist der Anlass dazu oft ein unspektakulärer.

In Franzis Fall war es ein Handy, ein geerbtes Handy, um präziser zu sein. Ihr Bruder, ein Freak für alle elektronischen Geräte, vor allem Handys, Computer und Spielkonsolen, hatte ihr sein altes Handy überlassen, mit dem Hinweis, sie könne sich nicht länger den Segnungen unserer Zeit verweigern. Jetzt sei sie wenigstens erreichbar und könne selbst zu jeder Zeit, mit wem auch immer, Verbindung aufnehmen.

Gut, theoretisch war das so, die Praxis hingegen ... die Praxis sah so aus, dass Franzi ihr Handy immer irgendwo herumliegen hatte, nur nicht dort, wo sie es gebraucht hätte. Wenn sie es wirklich dabeihatte, war der Akku nicht geladen, kurz – sie hatte ein gleichgültig nachlässiges Verhältnis zu ihrem Handy, das sich erst besserte, als sie die Fertigkeit, SMS zu schreiben, erlernte. Das war eine Geschichte, die sie begeisterte. Sie stand mit verschiedenen Freunden und Bekannten in regem Briefwechsel und wurde mit der Zeit immer geschickter.

Es war eine Herausforderung, die ihr zusagte, sie begeisterte. Die SMS durften alles, nur nicht langweilen. Also verfielen sie darauf in Französisch – alte Schulkenntnisse mussten ausgegraben werden –, in Bayrisch und in Schwyzerdütsch ihre Nachrichten zu verfassen. Besonders die beiden letzteren Versionen waren aufwändig: Zum einen war sie keineswegs sattelfest in diesen Dialekten, zum zweiten fiel dabei die automatische Sprachkennung aus. Die umständlichere Handeingabe erforderte mehr Zeit und Konzentration.

Diese neue Liebhaberei jedenfalls verwandelte auch Franziska in einen Handy-Junky. Die Meldung *Eine neue Nachricht* auf dem Display ihres Handys war eine willkommene Unterbrechung des Alltagstrotts, das Zuckerl des Tages gewissermaßen.

Eines Abends dann drängte sich die *Kleinigkeit* mit aller Macht in ihr Leben und die Kleinigkeit bediente sich – man ahnt es schon – hierfür des Handys. Franzi hatte einen unterhaltsamen Abend mit Gästen verbracht. Seit ihre Kinder aus dem Haus waren und ihr nur der Hund geblieben war, lud sie sich häufig Gäste ein, um nicht zu vereinsamen. Müde verließ sie die Küche, als das melodische Pling-Pling ihres Handys das Eintreffen einer neuen Mitteilung ankündigte.

– Das wird Sue sein. Die gute Seele bedankt sich wohl für den schönen Abend.

Nein, es war nicht Sue, wie sie schon vor dem Lesen der Nachricht erkannte, denn die Nummer des Senders war ihr gänzlich unbekannt. Neugierig öffnete sie das Briefchen.

– *Gute Nacht, du Göttin der Liebe,* stand da und Franzi war nicht wenig erstaunt. Sie las die Nachricht einmal, zweimal … sie durchforstete ihr Telefonbuch gewissenhaft nach dieser Nummer.

– Wie dumm, nach einer Nummer zu suchen! Es gibt niemanden, mit dem ich so vertraut wäre, dass … ich meine, wer sollte mir schon so eine SMS schicken?
Sie hatte sich schon seit längerer Zeit angewöhnt, sich mit Poldi, ihrem Hund, zu unterhalten, wenn es um wichtige Ereignisse ging. Sicher, die Dialoge waren einseitig, aber zumindest hatte sie einen exzellenten Zuhörer, der sie nicht gleich mit guten Ratschlägen erdrückte. Ein eher seltener Glücksfall heutzutage. Die SMS, so viel war sicher, war nicht für sie bestimmt. Vielleicht – und diese Lösung schien ihr ziemlich wahrscheinlich – galt sie ihrem Bruder, schließlich war es ja mal sein Handy. Nein, auch wieder nicht möglich, sie hatte ja zusammen mit dem Handy eine neue SIM-Karte und eine neue Nummer bekommen. Erneut holte sie die Nachricht aufs Display. Wäre doch eigentlich toll, so eine Nachricht zu bekommen, oder?
– Bisschen pathetisch, bisschen dick aufgetragen, was meinst du? Poldi gähnte verlegen, offensichtlich wollte er sich hierzu nicht äußern.
– Trotzdem, ich würde mich freuen, wenn mich ein Mann so nennen würde. Schade, dass sich die elektronische Brieftaube verflogen hat und die Empfängerin jetzt ohne …
– Ich muss ihm das sagen, damit er seinen Fehler berichtigen kann. Sie rieb sich die Nase, ein Tick, dem sie immer frönte, wenn sie angestrengt nachdachte. Sie gab den Befehl *Antworten* ein und schrieb zurück
– *Schon lange keinen so aufregend schönen Gutenachtgruß mehr erhalten. Auch wenn er nicht für mich war – habe ihn genossen. Danke.*

– Der Arme, jetzt wird er vermutlich einen Satz roter Ohren bekommen, wenn er statt der erhofften Antwort von der Herzallerliebsten meine Nachricht liest.
Das Summen der elektronischen Zahnbürste wurde übertönt durch ein erneutes Pling-Pling.
– Er antwortet! Der Casanova antwortet. Franzi unterbrach das Zähneputzen und holte aufgeregt die Mitteilung aus dem elektronischen Briefkasten.
– *Das war seine Bestimmung. Er sollte erfreuen.*
Franziska war sprachlos. Nicht der Unbekannte hatte jetzt einen Satz roter Ohren, nein sie, Franziska.
– Da macht sich jemand gnadenlos über mich lustig! Empört fuchtelte sie mit ihrem Handy vor Poldis Nase herum. Ich hätte es ignorieren sollen. Das kommt davon. Schon meine Oma sagte immer: Wer mit dem Feuer spielt …
Entweder das war ein Versehen, dann ist er wohl ein ziemlich ausgebüxter Casanova, der jeden noch so kleinen Anlass zum Flirten wahrnimmt, oder es war kein Versehen, dann … Sie kaute nachdenklich an ihrer Unterlippe.
– Wer sollte das sein, der mir solche …? Das ist doch wirklich ausgeschlossen und falls doch – falls doch, hätte er den Vorteil, dass er mich kennt, wogegen ich – ich habe keine Ahnung, mit wem ich hier im Briefwechsel stehe.
Ein ungutes Gefühl beschlich sie. Erneut kündigte die Melodie und das Vibrieren des Handys eine Nachricht an. Franziska betrachtete das Gerät in ihren Händen jetzt wie ein hässliches Insekt. Sich weiter auf dieses Spiel einzulassen, schien ihr bedrohlich.

– *Keine Lust mehr zu schreiben? Oder keinen Mut mehr? Is ja schon spät, wir können morgen weitermachen.*
– Er flirtet einfach weiter! Es interessiert ihn kein bisschen, dass ich nicht der richtige Adressat bin!
Franzi schaltete empört ihr Handy ab. Am nächsten Morgen jedoch, noch bevor sie Poldi zum Morgenausflug in den Garten geschickt hatte, schaltete sie ihr Handy wieder ein.
– *Gut geschlafen, anbetungswürdige Frau?*
– Der gibt nicht auf!
Ihre Empörung ist jetzt nicht mehr ganz so echt. Poldi, der ja besonders gute Ohren hat, würde, könnte er reden, behaupten, Franzis Stimme klinge amüsiert und so lässt Poldi seine Zunge weit heraushängen. Es sieht aus, als lache er über das ganze Gesicht. Franzi fühlt sich ertappt.
– Los, ab mit dir in den Garten. Sie entledigt sich des aufmerksamen Beobachters und ihre Finger huschen über die Tasten des Handys.
– *Sie kennen mich nicht. Ich bin nicht der Adressat Ihrer Liebesbriefe! Wieso also …?*
– *Nicht so viel grübeln, genießen!* Eine Antwort, die sie schachmatt setzt. Tja, wieso eigentlich nicht? Vermutlich kennt er mich nicht, weiß nicht, wo ich wohne, und wenn mir die Sache zu unheimlich wird, dann hör ich einfach auf.
– *O.K., überzeugt. Gehe jetzt mal davon aus, das Kompliment ist ernst gemeint – bedanke mich ganz artig und gebe zu, es ist ein phantastisches Gefühl, den Tag mit einem Kompliment zu beginnen. Hab ich lange nicht gehabt.*

– *Na also, klingt viel besser.* Drei X bilden den Abschluss der Nachricht.

Bei der Arbeit ist Franziska derart zerstreut, dass es sogar ihrer Kollegin und Vertrauten Sue auffällt.

„Was ist los mit dir, bist du noch so müde von gestern?", Franzi winkt ab und vertröstet Sue auf die Mittagspause. In der Mittagspause treffen sich – ein bewährtes Ritual – die beiden immer mit Ben. Ben, ein stiller, unauffälliger Kollege, der als zuverlässig und fleißig, ansonsten aber wenig aufregend gilt. Sue kennt Ben schon seit dem Kindergarten und Franzi wurde, seit sie in der Firma arbeitet, als Dritte im Bunde akzeptiert.

Franzi gibt ihr Handy-Abenteuer zum Besten und die beiden lauschen amüsiert. Sue ist begeistert und ermuntert Franzi, am Ball zu bleiben.

„Du beschwerst dich doch immer, dass dein Leben ziemlich fade sei, dass du als Frau kaum mehr wahrgenommen wirst, seit du die Vierzig gründlich überschritten hast, und dass du dich kaum noch erinnern kannst, wie es sich anfühlt, begehrt zu werden."

„Aber vielleicht macht sich da jemand gnadenlos lustig über mich, was dann?"

„*No risk, no fun!*", Ben zieht die Schultern nach oben und breitet die Hände aus. „Wenn sich ein Mann schon die Mühe macht, Balzgesänge zu erfinden, dann tut er das nicht ohne Grund. Ich meine, für so einen Aufwand braucht es eine Motivation, versteht ihr?"

Er wirkt leicht verlegen bei der Erläuterung des männlichen Balzverhaltens.

„Sieh an, Ben!", Sue boxt ihn freundlich in die Seite und auch Franzi sieht ihn überrascht an.

„Hey Ben, du stilles Wasser! Bist du etwa Experte?", Ben gilt als überzeugter Single, wenig gesellig, ein Bücherwurm.

„Na ja, ich meine ja nur, könnte mir vorstellen, dass …"
Was genau sich Ben vorstellt, geht in undeutlichem Gemurmel unter. Franzi ist zu sehr auf ihr Erlebnis konzentriert, um sich weiter über Bens Äußerung zu wundern.

„Das würde aber doch bedeuten, dass er mich kennt und sich, warum auch immer, nicht zu erkennen geben will. Genau dieser Gedanke behagt mir überhaupt nicht."
„Nicht unbedingt, absolut nicht", wirft Ben lebhaft ein.
„Vielleicht war er einfach nur überrascht und amüsiert von deiner ersten Reaktion und sein Spieltrieb findet Spaß daran, die Sache weiterzuverfolgen."

Die Freunde sind sich einig, Franzi solle dem Rat des Fremden folgen und einfach mal genießen. Man werde ja sehen, ob und in welche Richtung sich die Geschichte entwickelt.

Und die Geschichte tat das, was jede gute Geschichte tun muss: Sie entwickelte sich, ziemlich stürmisch, nebenbei bemerkt.

Auf dem Heimweg klingelte die nächste Nachricht herein.
– *Wie war dein Tag, Aphrodite?*
„Er legt sich ja mächtig ins Zeug, was meinst du, Poldi?"
Poldi meinte, dass es vor allem an der Zeit sei, seinen Napf zu füllen. Er, Poldi, könne keinesfalls von Luft und Liebe alleine leben. Noch dazu, wenn er gar nicht der Angebetete sei. Während Franzi ihrem Hund das Fressen hinschob, entwarf sie in Gedanken die Antwort.
– *Gut, einfach nur gut.*

Das war der Anfang einer ganzen Flut von Nachrichten, die an diesem Abend hin und her flogen und die, es war nicht zu leugnen, immer vertrauter wurden. Hätte nicht Poldi vor der Tür empört Einlass gefordert, hätte sie die Korrespondenz wohl noch immer nicht abgebrochen.
– *Ich sag jetzt: Gute Nacht, mein Dackel und ich, wir müssen ins Bett.*
– *Ich halte dich im Arm und liebe dich noch immer, schlaf gut!*
Leider gab Romeo keine Anleitung, wie Franzi es anstellen sollte, mit so einer aufregenden SMS direkt vor dem Schlafengehen einzuschlafen.
Am nächsten Tag, und nicht nur am nächsten Tag, ging es in der Mittagspause nur noch um Franzis Handy-Flirt. Die beiden Freunde sogen begierig die Neuigkeiten auf. Franzi erzählte allerdings längst nicht mehr alles. Die lustigen, humorvollen Schlagabtausche gab sie gewissenhaft wieder, der immer aufregendere erotische Aspekt fiel der Zensur zum Opfer. Denn die Geschichte hatte zweifellos einen aufregenden erotischen Weg eingeschlagen. Wie sonst sollte man Nachrichten deuten wie:
– *Heute Nacht liebe ich dich ohnmächtig,* oder: *Verwöhne dich heute Nacht, bis wir zu den Sternen segeln. Wir lassen alles hinter uns.*
Franziskas Protest gegen die stürmische Beschleunigung ihres Flirts, umging er galant mit dem Hinweis, dass es sich nur um wilde Träume handele und die – sie solle nicht grausam sein – seien ja wohl erlaubt.
Franziskas Leben war bunter geworden durch diese Handy-Liaison. Ihre Freunde registrierten erstaunt die Veränderung, die mit ihr vor sich ging. Sie war heiter,

ausgelassen und witzig, wie schon seit langem nicht mehr. Ihre gute Laune zeigte sich in unglaublicher Nachsicht und Zuneigung für alle und alles in ihrer Umgebung. Wie ein buddhistischer Mönch lebte sie das Mantra der Wertschätzung alles Lebendigen. Es schien ihr, als hätte sie sich gehäutet, um wie ein Schmetterling, die alte graue Hülle hinter sich lassend, mit bunten Flügeln durch die Welt zu gaukeln. Hin und wieder sann sie darüber nach, was aus ihrem Handy-Verhältnis werden sollte, schob aber ernsthafte Gedanken über ein eventuelles Treffen immer erschreckt von sich. Ihre Freunde waren es, die das Thema zur Sprache brachten.

„Wäre es nicht an der Zeit, euch kennenzulernen oder wenigstens mal zu telefonieren, statt immer nur SMS zu schreiben?"

„Man sagt doch, Frauen sind neugierig. Mich wundert, dass du es aushältst, mit jemandem so – na ja, einen doch sehr vertrauten Umgang zu pflegen, ohne zu wissen, wer es ist."

Ben sah sie forschend an. Franzi wiegelte ab. So vertraut sei der Umgang ja auch wieder nicht – eine glatte Lüge – für die sie sofort heimlich Abbitte tat.

„Ich habe einfach riesige Angst, zu erfahren, wer sich hinter meinem Romeo verbirgt. Vielleicht ist er noch sehr jung und dann mächtig enttäuscht, wenn er entdeckt, dass ich schon … Vielleicht ist er ja aber auch schon steinalt, so mit Glatze und Bauch."

Sie fing Bens Blick auf, der unbewusst seine eigene Leibesfülle kritisch begutachtete und sich über das schütter werdende Haar strich.

„Versteh mich nicht falsch, nicht dass mir solche Äußerlichkeiten wichtig wären!" Sie sann einen kurzen Moment nach und biss sich dabei auf die Unterlippe.
„Ne, das ist es nicht, was ich fürchte. Ich fürchte, dass wir – warum auch immer – voneinander enttäuscht sind, dass das Bild, das wir uns voneinander machen, mit der Realität nicht mithalten kann und dann – ja das wäre dann doch wohl das Ende unserer Handy-Romanze und das, also ehrlich, das will ich nicht! Der bloße Gedanke daran zerreißt mir das Herz. Ich bin verflixt nochmal abhängig von diesen heißgeliebten Nachrichten. Ich möchte sie wirklich nicht mehr missen."
Während ihres Geständnisses knetete Franzi ein Tütchen mit Zucker so heftig zwischen den Fingern, dass es zerriss und der Zucker aufs Tischtuch rieselte.
„Verständlich. Es ist ein Risiko, aber vielleicht ist es ja der Auftakt von noch mehr: einer gelebten Beziehung, einer realen Liebe, nicht nur ein Produkt eurer Fantasie." Ben lächelte sie aufmunternd an.
„Los, trau dich!", Sue stupste sie verschwörerisch in die Seite und brachte sie wieder zum Thema zurück. „Telefoniert doch einfach!"
„Ne, ne, ne!", Ben fuchtelte beschwörend mit der Hand vor Franzis Nase herum.
„Am Telefon mit jemandem, den du nicht kennst! Die Verlegenheitspausen und all das – ne, da könnte ein völlig falscher Eindruck entstehen und dann hättest du womöglich gar keine Lust auf ein Treffen. Da doch lieber ein Sprung ins kalte Wasser und sich wirklich gegenüberstehen. Du weißt ja: *No risk ...*"

„*No fun*", beendeten Franzi und Sue den Satz wie aus einem Mund. Sue begann mit der genauen Planung des ersten Treffens.

„Äh, soll ich denn sagen, dass ich ihn sehen will?", Franzis Stimme klang schon jetzt lampenfiebrig. „Müsste ich denn nicht warten, bis er …?"

„Och, Franzi! In welchem Jahrhundert lebst du eigentlich? Vielleicht gibt er dir ja in einer seiner SMS ein Stichwort, irgendwas, wo du anknüpfen kannst", schlug Ben vor.

„Mut! Du weißt ja – *fly with the eagles or crash with the chickens!* Du must dich entscheiden: Hänfling oder Adler!"

„Ihr wisst genau, ich bin eher ein Hänfling denn ein Adler."

Am Abend klingelte das Handy eine Nachricht heran.

– *Hallo Rübe! Wenn du mich nur halb so sehr vermisst, wie ich dich, dann hast du genug gelitten für heute. Würde sooo gerne mal an dir knabbern!*

Franziska starrte auf das Display. Jetzt oder nie – das war eine Steilvorlage, die er ihr gegeben hatte. „Tief durchatmen und los!", gab sie sich selbst den Befehl.

– *Schwierig via SMS. Dazu müssten wir ...* Sie hatte nicht den Mut, den Satz zu vollenden.

– *Uns sehen! Ja, bitte! Bitte, ich will es doch auch!!! Es wäre intergalaktisch schön.*

– *O.K., packen wir den Stier bei den Hörnern: Samstag um acht beim neuen Italiener in der Ludwigstraße. Habe meinen Dackel Poldi dabei und der trägt ein breites, rotes Halsband.*

– *Werde da sein und halte ein rotes Buch in Händen. Habe Schmetterlinge im Bauch und Pudding in den Knien.*

Es tröstete Franziska sehr, dass auch Romeo unter Lampenfieber zu leiden schien.
Der Tag bis zum Samstag vergeht übel langsam. Franziska ist pünktlich um acht im Lokal, aber weder Romeo noch ein rotes Buch sind da. Sichtlich verunsichert setzt sie sich an einen der Tische.
„Guten Abend, Franziska, du Rübe", tönt eine vertraute Stimme hinter ihr.
„Ben! Was machst du hier? Bist du spionieren gekommen? Das wäre aber nicht fair, ich meine, du kannst doch nicht …".
Da erst erfasst ihr Verstand, wie Ben sie genannt hat.
„Was, was hast du eben gesagt – Rübe???"
Er hält ihr ein dickes rotes Buch vor die Nase und sein Blick bittet um Verzeihung.
„Ben, der unscheinbare Langweiler, genau der! Ich hätte wohl keine Chance gehabt, mich als Romeo zu präsentieren, richtig? Also wählte ich den Umweg übers Handy, um dich zu erobern, und jetzt, jetzt wird sich ganz schnell herausstellen, ob ich als Adler oder Hühnchen hier wieder rausgehe."
Der Blick aus seinen leuchtend blauen Augen ist so intensiv, dass es Franzi heiß und kalt wird. Ihre Empörung wird dahingerafft von einem herrlichen, prickelnden Gefühl. Es fühlt sich an, als flösse Aperol Spritz durch ihre Adern. Sie schluckt heftig, dann gewinnt sie ihre Fassung wieder.
„Was soll ein Hänfling schon mit einem Hühnchen? Er braucht einen Adler an seiner Seite, um Höhenflüge zu wagen!"

Ben schenkt ihr sein schönstes Lächeln, zieht sein Handy und drückt auf *Senden*.

Die Nachricht, die die Brieftaube diesmal auf Franzis Handy bringt, ist nun wirklich, also wirklich nicht zur Veröffentlichung freigegeben.

Cinema im Kopf

Sie kannten sich schon viele Jahre, Tom und Eva, eine echte Sandkastenfreundschaft. Später verloren sie sich fast gänzlich aus den Augen. Tom war etliche Jahre als Koch auf einem Schiff um die Welt gefahren, bevor er sesshaft wurde und Familie gründete. Eva arbeitete als Dolmetscher. Ihr wichtigster Job, seit sie Kinder hatte, war die Leitung des Familien-Managements. So sahen sie sich kaum noch. Beide waren mit ihren jeweiligen Aufgaben beschäftigt. Die Jahre verflogen, die Kinder wuchsen heran und jetzt hatte Eva zuweilen mehr Zeit für sich selbst, als ihr lieb war.

An einem verregneten Vormittag im November stand Tom plötzlich in der Tür. Eva freute sich sehr, ihn zu sehen, und nach lebhaften Fragen und Antworten fiel ihr auf, dass Tom angespannt wirkte. Er schien auch längst nicht so unbeschwert wie früher und seine ansteckende Fröhlichkeit blitzte nur hin und wieder auf. Während sie noch überlegte, ob es ihr zustand, ihn nach seinen Sorgen zu fragen, schließlich waren sie nicht mehr so vertraut wie früher, begann Tom von ganz alleine zu erzählen.

Stockend anfangs, dann immer leichter, wie es schien. Nichts Spektakuläres war da zu hören, ein Familienvater, der im Bemühen um die Seinen überfordert schien. Überstunden, Wochenendarbeit, Sorgen um den Arbeitsplatz, der tägliche Kampf gegen große und kleine Widrigkeiten, die Liste ließe sich noch um einiges ergänzen.

Eva war betroffen. Wo waren Toms Heiterkeit, sein Charme und seine unbeschwerte Freude am Herumalbern geblieben? Auch seine Augen hatten an Glanz verloren, sie sprühten nicht mehr so unternehmungslustig. War es das, was man üblicherweise als die ‚Bürde des Alterns' bezeichnete? Damit wollte sie sich ganz und gar nicht abfinden. Sie wollte den alten Tom wiederhaben, der sie so oft durch seine tolldreisten Streiche zum Lachen gebracht und mit seinem Charme so angenehm verzaubert hatte. Aber wie konnte man Tom helfen?

Eva zerzauste ihm liebevoll die Haare, was ihn früher immer ihn in Rage gebracht und eine Balgerei nach sich gezogen hatte. Jetzt ertrug er es geduldig, nur seine Augen blitzten kurz auf. Sich einiges von der Seele zu reden hilft immer, und so schien Tom nicht mehr ganz so niedergeschlagen, als er sich verabschiedete.

In den nächsten Tagen beschäftigte sich Eva ausgiebig mit Tom. Immer wieder kreisten ihre Gedanken um ihn. Wie konnte man ihm nur helfen? Da schickte ihr der Himmel einen Hinweis. Es geschah beim Einkaufen. Genervt vom vorweihnachtlichen Rummel in den Geschäften und nur vom Gedanken beseelt, so schnell wie möglich wieder nach Hause zu kommen, stach ihr plötzlich der Aufdruck auf einer blauen Stofftasche ins Auge. *Lachen* stand da mit grell bunten Buchstaben, und schlagartig wurde ihr klar, was Tom nötig hatte. Er brauchte eine Hand, die ihn herauszog aus seiner Ecke, ihn überzeugte, dass er nicht mehr länger nur Schläge einzustecken hatte, sondern dass es auch für ihn wieder möglich sein würde, leichtfüßig durch den Ring zu tänzeln. Kaum zu Hause angekommen,

fuhr sie den PC hoch, um eine Mail durch den Äther zu jagen.
„Hast du heute schon gelacht? Wenn nicht, wird es höchste Zeit! Falls es dir schwerfällt, denk an unsere Schulstreiche, dann sollte es klappen."
Einen Moment lang zögerte sie, bevor sie sie losschickte. Würde Tom das richtig verstehen? Sie hatten schließlich nicht mehr das enge Verhältnis von einst. Doch dann war sie sich sicher: Tom würde verstehen, was sie beabsichtigte. Die Antwort kam prompt.
„Ich dich auch", stand da und Eva wurde ein klein bisschen schwindelig. Was hatte das zu bedeuten? Etwa …
Kurze Zeit später läutete das Telefon und ein etwas verlegener Tom wollte aufklären. Eva gab sich ganz souverän. Natürlich wisse sie, wie er das gemeint habe, schließlich kenne sie ihn lange genug und natürlich sei es einem Sandkastenfreund erlaubt, sich auf charmante Art zu bedanken, und außerdem, Eva räusperte sich, hätte er damit auch ihren trist-grauen Novembertag mit Sonne durchsetzt.
„Wir kennen uns schon so lange, da darf man das!"
Diese Erklärung schien nicht das zu sein, was Tom hören wollte.
Eva fühlte sich unglaublich gut für den Rest des Tages. War es das Pfadfindergefühl der guten Tat oder war es Toms Bekenntnis? Sie hatte keine Lust, darüber nachzugrübeln, sie genoss einfach nur die Schwemme an Glückshormonen in ihrem Körper. Die Arbeit ging locker von der Hand, beim Übersetzen flogen ihr die geschliffensten Formulierungen zu, aber nachts fand sie keinen Schlaf. Da begann das Grübeln. Was war los? Hatte

sie sich auf ein zu gefährliches Terrain begeben? Immerhin war sie das, was üblicherweise mit ‚glücklich verheiratet' bezeichnet wurde. In ihrem Fall noch nicht mal eine abgegriffene Floskel, jedenfalls nicht, seit es gelungen war, dem schon etwas flauen ehelichen Zusammenleben neue Würze zu geben und sich aufs Neue in ihren Mann zu verlieben. Ein höchst erfreulicher Zustand, den sie zu erhalten trachtete. Das sollte doch jetzt erst mal genügen, oder? Wieso versetzte sie Toms Bemerkung derart in Hochstimmung?

Eine hartnäckige Zerstreutheit drängte dieses Gefühl am nächsten Tag in den Hintergrund und Eva hatte Mühe, Hundefutter und Mittagessen nicht zu verwechseln. Sie wünschte sich, mit Tom reden zu können, nicht am Telefon, sondern leibhaftig hier und jetzt. Da klingelte es an der Tür und Tom stand vor ihr.

Da sag noch einer, es gäbe keine kosmischen Bestellungen, dachte Eva und bat Tom ins Haus. Sie hatte sich ganz genau überlegt, was sie ihm sagen wollte, hatte sich die Worte schon präzise zurechtgelegt, um es möglichst ohne verlegenes Stottern an den ‚Mann' zu bringen. Aber jetzt, da sie Tom gegenübersaß und das vertraute, abenteuerlustige Funkeln in seinen Augen sah, hatte sie Mühe, die Konzentration nicht zu verlieren.

Sie seien beide verheiratet und der blöde Spruch: *Das ist zwar ein Grund, aber kein Hindernis,* gelte doch wohl für sie beide nicht. Sie selbst fühle sich jedenfalls einem einmal gegebenen Versprechen verpflichtet, zumal sie keinen ernsthaften Grund habe, aus dieser Zweisamkeit auszubrechen. Dieses Versprechen schließe auch Verantwortung mit ein. Also könne es für die Beziehung zwischen ihnen beiden nur die Basis Freundschaft geben, was schließlich schon seit Jahren funktioniere.

„Ich will noch unbeschwert in den Spiegel schauen können, verstehst du?"

Tom erwiderte nichts. Er musterte Eva intensiv, und sie mühte sich daraufhin umso mehr, ihn zu überzeugen. Ob er sich bewusst sei, welch unerhörten Vorteil dieses Arrangement habe, wollte sie wissen.

„Nein, auf diese Beweisführung bin ich nun wirklich gespannt!"

Er lächelte spöttisch, aber Eva ließ sich nicht aus dem Konzept bringen.

Nun, eine solche Bindung müsse sich nie in der rauen Wirklichkeit beweisen. Denn das, was jeder von ihnen auf den Flügeln der Phantasie aus der Geschichte mache, sei seine Sache. Hierbei gäbe es keine Beschränkung und das, hübscher Nebeneffekt, käme auch den angestammten Partnern zugute, sie wisse das. Nie aber müssten sich diese Träumereien im Alltag bewähren und Enttäuschungen blieben außen vor. Die hohe Schule des Flirtens eben, ohne auf der Einbahnstraße zu landen, die zwangsläufig ins Bett des anderen führt.

Im Mittelalter sei das eine ganz ausgefeilte Kunst gewesen, *Minne* genannt, in der man sich mit Eifer schulte.

„Ehebruch im Kopf zählt also nicht?" Toms Frage brachte Eva aus dem Konzept.

„Ähm, tja – ich denke bei Einhaltung bestimmter Regeln – nein!"

„Du widersprichst dir! Gerade eben hast du noch die uneingeschränkte Nutzung der Phantasie in Aussicht gestellt und nun willst du schon wieder reglementieren!"
Eva machte eine hilflose Geste mit der Hand.
„Nein, im Prinzip will ich das nicht. Es geht nur darum, nicht zu vergessen, dass es sich um Träumereien handelt, die sich nie verwirklichen lassen, sonst sind sie dem Untergang preisgegeben. Wenn du so willst, sind es Appetizer, und wie im richtigen Leben auch, versteht es der echte Gourmet, sich den Appetit auf den Hauptgang zu erhalten, in dem er die Appetizer nur sehr kontrolliert genießt. Verstehst du, was ich meine, und kannst du das akzeptieren? Ich könnte sonst nie mehr wieder eine Mail schicken und das wäre … jammerschade!"
Tom fuhr sich mit der Hand durch die Haare, er zuckte mit den Schultern.
„Akzeptiert! Habe ich denn eine andere Chance?"
„Nein, nicht wirklich."
Sie lächelte ihn an, ihr Blick bat um Verständnis. Er zog sie sanft an den Haaren und grinste herausfordernd.
„Du wirst dich wundern, was ich alles mit dir anstellen werde, im straffreien Raum der Phantasie."
Eva hob abwehrend die Hände, leicht verlegen erwiderte sie: „Das muss ich dir wohl jetzt zugestehen, wenn meine Theorie stimmen soll. Du musst selbst wissen, wie du das händelst. Ich jedenfalls habe jetzt ein ganz besonderes Geschenk: Zu wissen, es gibt einen Seelenverwandten, zu dem ich mich gelegentlich flüchten kann, einfach nur mit den Siebenmeilen-Stiefeln der Phantasie: superb, mein Lieber, einfach superb!"

Liebe Pauline,

Du schreibst mir, dass Du vor Neugier fast umkommst und endlich erfahren willst, was aus meiner neuen Männerbekanntschaft geworden ist. Als meine herzallerbeste Freundin hättest du sozusagen Rechtsanspruch darauf. Nun denn, schenk dir einen Sherry ein und lausche!
Wie ich dir am Telefon schon erzählte, lernte ich Jochen an Susannes Schulfest kennen. Wir betreuten gemeinsam den Limonadenstand und dabei kamen wir ins Gespräch. Ich erfuhr, dass Jochen Witwer ist, einen achtjährigen Sohn namens Florian hat und bei den Haushaltsgeschäften von seiner Schwiegermutter unterstützt wird. Kein *echter* Alleinerziehender so wie ich also! Jedenfalls entdeckten wir unser gemeinsames Interesse am Kino und beschlossen, uns den neuen Til-Schweiger-Film anzusehen. Ich fand es rührend, dass er sich erkundigte, wer bei meiner Tochter bleiben würde, und erklärte ihm lachend, dass meine Susanne es äußerst ‚ätzend' finden würde, wenn zu ihr ein Babysitter ins Haus käme. Schließlich ist sie ja schon zwölf und mega-erwachsen!
Aber kommen wir zur Sache, ich fühle, deine Ungeduld wächst. Es war ein sehr schöner Abend, dem noch einige andere schöne folgten. Ja, ich gestehe, du hattest recht mit deiner Diagnose, dass mir meine mehrjährige Enthaltsamkeit in Sachen körperlicher Liebe nicht guttat. In Jochens Armen konnte ich mich endlich einmal fallen lassen und die Unbilden des Lebens vergessen – für einige

Stunden jedenfalls. Es tat mir gut, ich genoss es, immer intensiver und immer öfter.

Schließlich fanden wir es an der Zeit, die übrigen Familienmitglieder miteinander bekannt zu machen. Wir verabredeten uns zu einem Fahrradausflug, danach wollten wir bei Jochen im Garten grillen. Ein Grillfest, das ich nicht so schnell vergessen werde! Flo, Jochens Sohn, entpuppte sich als kleiner Tyrann, der ausgerechnet an Susi seine Kräfte erproben wollte. Nun, da war der Süße genau an die Richtige geraten: Du kennst meine selbstbewusste Tochter! Ich glaube, das war die erste bittere Lektion, die der kleine Macho von einem weiblichen Wesen erteilt bekam. Das wiederum rief Oma Elli auf den Plan, die ihren kleinen Liebling vehement verteidigte, und nicht nur Susi, sondern auch ich bekamen reichlich unser Fett weg. Und Jochen? Tja, Jochen mutierte zu meinem Erstaunen zu einem hilflosen Softie, der sich nicht unter Schwiegermamas Pantoffel hervorwagte, mich verständnisheischend anlächelte und nur mehr ein heiser klingendes Gestammel über die Lippen brachte.

Was für eine Enttäuschung! Ritter Jochen in Wirklichkeit ein konfliktscheuer Feigling! Oma Elli hat erfolgreich die Zähne gezeigt und ihre Männer bewacht. Was mich betrifft, so lecke ich noch an den Wunden meiner vergangenen Ehe und verspüre keinerlei Lust, mich einem neuen Tyrannen zu beugen, sei er nun männlich oder weiblich. Das einzige Familienmitglied, das uns gern adoptiert hätte, war Shita, die lammfromme Hovawart-Hündin. Aber sie wurde nicht gefragt, und wir waren auch nicht mehr adoptionswillig.

Für heute also – ciao und ade, Schwiegermutterpüree!

Gisela

Frauen mit großen Herzen

Frauen mit großen Herzen sind überall zu treffen, wie alle Kostbarkeiten allerdings nicht allzu häufig. Äußerlich kann man sie oft an ihren strahlenden Augen erkennen.
Ihr Herz hat Platz für vieles: die eigenen Kinder, den eigenen Mann, für andere Kinder und andere Männer, für Hund, Katze und Pferd. Für einen guten Espresso ebenso wie für die Bettlerin aus Rumänien, die an der Ecke des Domplatzes ihre Hand aufhält und der sie einen Euro zustecken, den ärgerlichen Einwand des Ehemanns ignorierend, die ärmliche Frau gehöre zu einer Bande und es sei durchaus nicht sinnvoll, sie zu unterstützen.
Frauen mit großen Herzen haben nicht verlernt zu staunen über die großen und kleinen Wunder des Alltags und gerade deshalb widerfahren ihnen diese Wunder häufiger als anderen Menschen.
Das Allerwichtigste aber – Frauen mit großen Herzen haben sich die Dankbarkeit bewahrt für die Geschenke, die jeder Tag mit sich bringt: die segensreiche Hilfe der Waschmaschine ebenso wie das Lächeln eines Unbekannten quer über die Straße. Sie können lachen, gönnen und sich freuen. Nebenbei bemerkt am meisten über:
Männer mit großen Herzen!

Pickel, Flirts und weitere Komplikationen

Es ist schon erstaunlich, wie schnell man zuweilen von der eigenen Vergangenheit eingeholt wird. Gisela jedenfalls hätte es sich nicht träumen lassen, ausgerechnet an diesem verregneten Samstagnachmittag mit ihrer Teenagerzeit konfrontiert zu werden.

Ursprünglich hatte sie sich heute ganz der Arbeit an ihrem Manuskript widmen wollen. Die Voraussetzungen dafür waren günstig. Vater und Sohn vergnügten sich im Fußballstadion und Martina, Giselas Tochter, hatte sich auf ihr Zimmer zurückgezogen.

Doch gerade als Gisela den PC angeschaltet, ihre Unterlagen zurechtgelegt und ihre Gedanken gesammelt hatte, kam ein Störenfried: Martina.

„Was machst du, Mami?"

„Das siehst du doch, mein Schatz. Ich versuche, mit der Arbeit voranzukommen. Ich denke, heute Nachmittag kann ich ungestört bleiben."

„Ach so, ja dann … Ich wollte nicht stören."

Martinas Stimme ließ Gisela aufhorchen. Täuschte sie sich, oder klang sie traurig?

„Wieso fragst du? Hast du etwas auf dem Herzen?"

Martina druckste herum: „Ach nö, nichts. Bloß … aber wenn du dir vorgenommen hast zu arbeiten, dann geh' ich jetzt wieder."

„Hör mal, Meisje", Meisje war Martinas Kosename, den nur gebrauchen durfte, wer ihr auch wirklich nahestand, „wenn du mich brauchst, dann kann die Arbeit warten, das ist doch klar, oder?"

„Na ja, es ist eigentlich nichts Besonderes, nur – ich bin doch jetzt fünfzehn und habe immer noch keinen festen Freund! Meinst du, dass mit mir irgendetwas nicht stimmt?" Bekümmert blickte Martina ihre Mutter an. Gisela bemühte sich um Fassung. Auf so ein Gespräch war sie nicht vorbereitet gewesen.

„Ja meinst *du* denn, dass mit dir irgendetwas nicht stimmt?", gab sie, um Zeit zu gewinnen, die Frage zurück.

„Nö, eigentlich nicht. Ich denke, ich bin meist so, wie die anderen auch. Nur manchmal, da habe ich andere Ansichten. Und so mit Jungs ... sie interessieren mich eigentlich nicht so. Jedenfalls die Jungs aus unserer Clique nicht. Es regt mich immer furchtbar auf, wenn die Mädchen sich so blöde benehmen, sobald Jungs dabei sind. Sie sind dann so zickig! Sie geben schrecklich an, alle, sogar Anna! Das ist so hohl!"

„Ach Martina, das solltest du nicht so eng sehen. Weißt du, das fällt unter das Stichwort ‚Balz- und Imponiergehabe' und ist etwas völlig Normales, bei den Menschen genauso wie bei den Auerhähnen. Nur die Methoden sind verschieden. Es ..."

„Wenn das etwas völlig Normales ist, warum finde *ich* es dann so ätzend und warum mache *ich* es dann nicht?", unterbrach Martina die Belehrungen ihrer Mutter über arttypische Balzrituale.

„Weil deine Zeit dafür noch nicht gekommen ist. Vielleicht bist du auch etwas anspruchsvoller als die anderen. Die pubertierenden Jungs reizen dich einfach nicht, das ist es. Wenn dir einmal einer über den Weg läuft, der dir richtig imponiert, dann wirst du auch anfangen zu ‚gockeln', glaube es mir!"

„Nee, nie! So ein albernes Getue! Kommt gar nicht in Frage!"

Gisela versuchte, sich ein Lachen zu verkneifen. „Nun, auf deine ganz eigene Art und Weise eben. Wer sagt, dass es so sein muss, wie bei den anderen?"

Martina kaute eine Zeit lang an ihrer Unterlippe. „Manchmal, also es gibt schon manchmal Jungs, die ich o.k. finde. Alexander zum Beispiel, aus der Elften, der ist echt cool. Mit dem kann man sich toll unterhalten und Spaß haben, bloß …"

„Bloß was?"

„Na ja, der ist doch schon so alt, und ganz schön dick ist der auch!"

„Seltsam", Gisela hatte ein melancholisches Lächeln auf den Lippen, „es scheint mir noch gar nicht so lange her, da hatte ich ganz ähnliche Probleme", sagte sie mehr zu sich selbst.

„Du? Ach, das glaube ich dir nicht, Mama. Ich weiß nicht, ob du mich *überhaupt* verstehst! Du hältst das Ganze wahrscheinlich für eine Pubertätserscheinung von mir, die sich irgendwann wieder legen wird. Glaubst du, ich habe nicht gemerkt, wie du vorhin gegrinst hast? Das ist aber keine ‚hysterische Pubertäts-Neurose'! Das vergeht bestimmt nicht so wie meine Pickel!" Martina war gekränkt, dass ihre Mutter das Ganze auf die leichte Schulter zu nehmen schien.

„Sorry, Meisje! Ich wollte mich keinesfalls darüber lustig machen! Dazu ist die Sache zu ernst. Ich weiß nur *zu gut*, wie dir zumute ist. Ein kleiner Zeitsprung genügt, dein Problem war auch meines!"

Stirnrunzelnd sah Martina ihre Mutter an. Gisela zog Martina neben sich auf den Stuhl.

„Ich war ein Jahr älter als du. Auf der Hochzeit meiner Cousine lernte ich Gianni kennen. Ein Italiener, zehn Jahre älter als ich, mit beginnender Glatze und kleinem Spitzbauch. Rein äußerlich nichts Besonderes also. Da Gianni mir gegenübersaß, kamen wir ins Gespräch. In Englisch, denn Italienisch konnte ich nicht. Je länger ich mich mit Gianni unterhielt, desto begeisterter war ich von ihm. Er war charmant, redegewandt und voller komischer Einfälle. Ich erinner mich noch gut: Es gab Kaninchen zum Essen und Mary, ein junges Mädchen aus den Staaten, war ziemlich entsetzt über das Menü.

‚Kaninchen! Man kann Kaninchen doch nicht essen! Wir halten sie als Haustiere und streicheln sie!', so ihr schockierter Kommentar.

‚Das ist der kleine Unterschied! Wir essen die Kaninchen und streicheln die Hamburger!', gab Gianni trocken zurück.

Solche Bonmots begeisterten mich, ich fand sie grandios."

„Ja und, wo war das Problem?" Martina wurde ungeduldig.

„Die anderen! Als ich meiner besten Freundin davon erzählte, war sie natürlich neugierig. Obwohl sich ihre Begeisterung in Grenzen hielt. Italiener wurden damals oft bösartig als ‚Mafiosi' beschimpft, nicht als Lebenskünstler und Modeprofis, als die sie heute gelten. Na ja, und als sie dann ein Bild von Gianni gesehen hatte, fühlte sie sich bestätigt. Zwar war sie mit ihrer Kritik zurückhaltend, aber ich spürte deutlich, dass sie nicht verstand, was mir an Gianni gefiel."

„Und du, was hast du dann gemacht?"
„Ich fand ihn weiterhin toll! Nur, erzählt habe ich nicht mehr viel von ihm. Gianni musste wieder zurück nach Italien. Wir haben uns eine Zeit lang Briefe geschrieben, und ich habe ihn auch noch ein paar Mal gesehen, während meiner Italienreisen. Der Briefwechsel war großartig, die Wiedersehen eine Enttäuschung! Gianni war inzwischen ziemlich exzentrisch geworden, hatte sich ganz den kulinarischen Künsten hingegeben, was seinem Bauch zu weiterem stattlichem Wachstum verholfen hatte. Was mein Interesse aber endgültig zum Erlöschen brachte, waren stundenlange Vorträge über eine bestimmte Weinsorte oder die Zubereitung eines speziellen Menüs. Er war, wie seine Freunde sagten, ein liebenswerter Spinner geworden. Nichts für romantische Gefühle, verstehst du?"
Martina schaute ihre Mutter überrascht an. Solche Erlebnisse hatte sie in Mamas Vergangenheit nicht vermutet.
„Dein Geschmack war also auch anders als der deiner Freundinnen. Glaubst du, dass so etwas erblich ist?"
„Aber Martina! Denk' doch mal nach! Mein und dein Geschmack ist gar nicht *anders*. Wir finden auch schlanke, hübsche Jungs anziehend. Nur, wir sehen noch ein bisschen genauer hin. Die äußere Fassade genügt uns nicht ganz. Wir wollen auch die Inneneinrichtung sehen. Und wenn uns die gefällt, dann macht es uns nichts aus, wenn der Verputz nicht ganz tadellos ist, hab' ich recht?"
„Hm ja, so ungefähr", Martinas Grinsen zeigte, dass ihr der Vergleich gefiel.

„Das Wichtigste ist, dass du dich auf dein Gefühl verlässt. Wenn dir nach Flirten ist, dann flirte, egal was die anderen dazu meinen. Und wenn dir nicht danach ist, dann lass es bleiben, egal wie sehr die anderen auch angeben. Wer sagt eigentlich, dass *frau* ab einem bestimmten Alter einen Freund haben *muss*? Die *Bravo* oder welche dumme Zeitung verkauft euch das? Hör' nicht auf das, was irgendein Dr. Winter in irgendeiner Zeitung für Ratschläge gibt oder was *alle* in deiner Clique meinen, hör' auf dein Gefühl und tu das, wonach *dir* zumute ist. Es ist natürlich nicht immer leicht, so gegen den Strom zu schwimmen. Es erfordert Mut. Ich glaube aber, den hast du!"

Martina saß mit angezogenen Beinen auf dem Stuhl und kaute wieder an ihrer Unterlippe.

„Mami, diesen Gianni, gibt es den noch?"

„Na, ich denke doch! Unser Kontakt ist zwar schon lange abgebrochen, aber …"

„Wieso eigentlich?", fiel ihr Martina ins Wort. „Ist doch schade. Noch dazu, wo du doch jetzt auch Italienisch sprichst, da könntet ihr euch doch sogar in seiner Muttersprache schreiben."

„Ach Martina, das ist alles so lange her!"

„Na und! Du hast doch selbst gesagt, dass du so einen fantastischen Briefwechsel mit ihm hattest – und immer beschwerst du dich, dass heute alle Welt zu träge ist, Briefe zu schreiben."

Gisela schaute ihre Tochter zweifelnd an. Doch die schien ihre eigenen Probleme vergessen zu haben, so begeisterte sie ihre Idee. Aufmunternd klopfte sie auf den PC, und bevor sie mit einem verschwörerischen Lächeln das

Zimmer verließ, gab sie ihrer Mutter noch einen guten Rat.
„Auf die innere Stimme hören, Mami!"
Gisela blieb verblüfft zurück. Sie hatte die Beine angezogen und kaute nachdenklich an ihrer Unterlippe, gerade so wie vorher ihre Tochter. Schließlich lächelte sie amüsiert, öffnete den PC und begann zu schreiben: „Salve Gianni!"

Haareschneiden und vieles mehr

Ein Friseur ist nicht mehr nur ein Haareschneider im ursprünglichen Sinn. Längst wissen wir, dass der „Haarstylist" eine wichtige Person im Leben des modernen Menschen ist und den ihm gebührenden Platz einnimmt.

Ein Besuch beim Haarstylisten kann das ramponierte Selbstbewusstsein unverzüglich heben und die seelische Stimmung positiv beeinflussen. Er fördert soziale Kontakte und belebt ganz entscheidend die zwischenmenschliche Kommunikation. Kurz, der Haarstylist mit seinem „Wohlfühlsalon" ist aus der Welt der Yuppies wie auch der Nicht-Yuppies nicht mehr wegzudenken.

Mein Haarstylist hat kürzlich sogar zur Wahrung des Familienfriedens beigetragen. Vor etlichen Monaten beschloss mein Sohn Jens, seine Haare nicht mehr schneiden zu lassen. Nachdem er monatelang einen Rasierschnitt getragen hatte, war ich hocherfreut über diesen Sinneswandel. Schließlich hatte mich sein beinahe kahl rasierter Schädel immer an einen Fieberkranken oder einen Sträfling erinnert.

Nach einigen Monaten „Wachstumsbrache" auf dem Kopf von Jens kamen mir jedoch Zweifel. Längst hatte die Frisur jede Fasson verloren und glich einem wild vor sich hin wuchernden Spargelacker nach der Ernte. Auf die Notwendigkeit eines Friseurbesuchs angesprochen, erklärte Jens, er wolle sich die Haare vor Jahreswende nicht mehr schneiden lassen. Außerdem gäbe es einen supertollen Computer-Spiele-Erfinder, der lange, fettige Haare und eine riesige Hornbrille hätte, und eben *so* wolle auch er jetzt sein Äußeres gestalten.

Mir blieb der Mund offen vor Staunen und Entsetzen. Nach kurzem Nachdenken kam ich zu dem Schluss, dass es sich hierbei um eine pubertäre Trotzreaktion meines Vierzehnjährigen handeln musste. Je weniger ich der Sache also Beachtung schenken würde, desto eher wäre der Spuk wieder vorbei. Dachte ich – und hatte mich ziemlich getäuscht.

Meine Toleranzgrenze wurde auf eine harte Probe gestellt. Zu allem Überfluss kämmte er sein Haupthaar ohne Scheitel nach vorne, striegelte es sozusagen platt an den Kopf und ähnelte dadurch immer mehr einem Berggorilla aus Borneo. Sich vorzustellen, welche Möglichkeiten haarstylistischer Art dieser Knabe gedankenlos vergab! Was trug er früher schicke Frisuren und wie gut sah er immer damit aus! Mein Mutterherz blutete, ich wurde zusehends nervöser. Die Termine für diverse Familienfeiern rückten näher und ich konnte mir die Reaktion der Verwandtschaft lebhaft vorstellen. Vom schadenfrohen Grinsen bis hin zu längeren Vorträgen würde so einiges auf mich zukommen. (Derlei kommt meist auf die Mütter zu, nicht etwa auf die betroffenen Kinder oder deren Väter.)

Beim nächsten Besuch klagte ich dem Meister der Haarschneidekunst mein Leid (auch die Funktion eines Kummerkastens erfüllen die Haarstylisten perfekt, genauso wie ihre Vorgänger, die Friseure).

„Bringen Sie Ihren Sprössling doch einfach mit, gnädige Frau!", schlug er mir vor.

„Carlo" – gute Haarstylisten tragen häufig italienische oder französische Namen –, „wenn das so einfach wäre, hätte ich es längst getan!"

„Erzählen Sie ihm, dass wir eine eigene Beraterin für Jugendliche haben und die, das erwähnen Sie ganz nebenbei, sähe mega-cool aus. Außerdem sollten Sie berichten, dass unsere PC-Spiele Sie nervten, sie wären zu laut."

Verwundert sah ich den Maestro an, der lächelnd mit dem Finger in den hintersten Teil des Salons verwies, wo tatsächlich zwei Kids auf eine Spielkonsole starrten.

Ausführlich berichtete ich beim Mittagessen von den Veränderungen bei meinem Friseur, pardon, meinem Haarstylisten. Es erwies sich, dass Carlo die Lage völlig richtig eingeschätzt hatte. Mein Sohn zeigte Interesse. Verhalten noch und fast widerwillig zog er genauere Erkundigungen ein. Ich gab sie ihm häppchenweise und zögerlich, um das Interesse wach zu halten.

Einige Tage später wagte ich den großen Coup, setzte sozusagen alles auf eine Karte, schließlich war das erste Familienfest bereits am nächsten Sonntag:

„Du kannst nicht mehr aus den Augen schauen. Wir müssen uns etwas überlegen! Entweder lässt du die Haare über den Augen etwas schneiden oder du trägst einen Haarreif, um sie dir aus den Augen zu halten!"

Jens sah mich unsicher an. Er wusste nicht so recht, ob ich Fieber hätte oder ob mein armes Hirn plötzlich ernsthaft Schaden genommen hätte. Ich war jedoch entschlossen, die Sache durchzuziehen.

„Morgen habe ich einen Termin bei Carlo. Komm doch mal mit und lass dir den Pony schneiden, nur den Pony selbstverständlich! Du kannst ja dann noch etwas flippern, bis ich fertig bin." Jens nuschelte irgendetwas Unverständliches vor sich hin, aber am nächsten Tag war er tatsächlich dabei.

Nadja, Carlos Mitarbeiterin, nahm sich seiner an und ich sah ihn mit verklärtem Blick entschwinden. Als er nach etwa einer halben Stunde wieder auftauchte, war das Ergebnis verblüffend. Eine modisch adrette Frisur, derer er sich noch vor wenigen Stunden geschämt hätte, zierte das Ende seines Kopfes. Ich lobte ausführlich das gelungene Werk, während er sich grummelnd zum Spielautomaten verzog.

Ich warf Carlo einen dankbaren Blick zu, und Nadja erhielt ein Trinkgeld der Marke „Doppeldecker". In Hochstimmung verließ ich den Salon.

Gestern Morgen vor dem Spiegel befand Jens, dass er bald wieder zum Haareschneiden in den „Salon Carlo" müsse.

„Aber es sind doch gerade mal zehn Tage, dass du beim Haarschneiden warst!"

„Schon, aber meine Frisur hat keinen Stand mehr, sie muss nachgearbeitet werden", entgegnete er mir eitel wie ein Starmodel.

Ich war einigermaßen verblüfft ob dieses Sinneswandels und fragte mich, ob ich meinen Sieg nicht zu teuer erkauft hätte. Ein Besuch bei Carlo ist nun mal exklusiv, nicht nur, was das Ergebnis der Haarschneidekunst angeht, sondern auch, was den Preis betrifft. Außerdem bedrückte mich die Frage, ob mein Sohn jetzt zum Stenz mutiert sei.

„Arbeitet Nadja eigentlich nur an bestimmten Tagen oder ist sie täglich bei Carlo?", wollte mein Vierzehnjähriger dann so nebenbei wissen, „wenn schon, dann soll *sie* meine Haare wieder schneiden, da weiß ich wenigstens, dass es gut wird", fügte er eilig hinzu.

Ich war erleichtert und holte tief Luft. Das war also der Grund für seine neue Leidenschaft zum Haarstylisten. Nadja, die tolle Stylistin!

Bleibt noch zu klären, wer die Kosten für sein gesteigertes Modebewusstsein übernimmt!

Zirkuszauber

Immer dann, wenn die wirtschaftliche Situation meiner Tochter Anna Anlass zur Sorge gibt oder mit ihren Wünschen nicht Schritt halten kann, lässt sie sich etwas einfallen. Dann findet eine sogenannte ‚Anna-Performance' statt. Solche Ereignisse bereichern unser Familienleben ungemein, mindern die kulturelle Unterversorgung hier in der Provinz und bringen einen Hauch von großer, weiter Welt ins Haus.
Dabei sprüht Anna vor Einfällen. Das Angebot umfasst zum Beispiel Theater, Puppentheater, Modeschau und neuerdings sogar Zirkus.
Gewissenhaft bereitet sie die Aufführungen vor. Sie scheut keine Mühen und hinterlässt in ihrem Zimmer eine Art ‚Werkstattbühne', von mir in mütterlicher Ignoranz als ‚Saustall' bezeichnet. Endlich dann werden alle Familienmitglieder zur Kasse gebeten – die Künstlerin lebt schließlich nicht vom Applaus allein!

Vor einigen Tagen ließ ihre konzentrierte Geschäftigkeit erkennen, dass ein neues Ereignis in der Luft lag. Der alte Chapeau claque vom Urgroßvater wurde vom Speicher geholt, die Jonglierbälle herausgekramt und schließlich begab sich Anna mit meinem Putzeimer in den Garten.
„Was hast du vor, Anna?"
„Eine Bestie fangen, Mama – für meine Raubtiernummer. Die brauche ich unbedingt für meine Zirkusvorstellung!"
„Anna! Was genau, hast du vor?", ich kannte meine Tochter und wollte vor Überraschungen sicher sein.

„Du willst doch nicht etwa eine Maus ins Haus schleppen?
„Nein, Mama, wo soll ich die so schnell auch herkriegen?", unwillig ob meiner mangelnden Professionalität, runzelte Anna die Stirn.
„Ich nehme eine Blindschleiche für die Schlangenbeschwörer-Nummer. Da weiß ich einen Platz, wo ich todsicher eine zu fangen kriege. Das wird bestimmt schön aufregend."
Ich zweifelte nicht daran. Im Geiste stellte ich mir vor, wie das Tier durch ein Missgeschick entkam und danach irgendwo in der Wohnung herumschlängelte. Meine Mutterseele war gespalten: Einerseits freute ich mich über den Einfallsreichtum meiner Tochter, andererseits war mir der Stargast im Hause nicht geheuer.

Ein paar Stunden später war es dann so weit. Die Vorstellung im Zirkus Anna-Luna begann: Bodenakrobatik, Jongliernummer, Auftritt der dummen Augustine. Leider folgte ich dem Spektakel nicht mit gebührender Aufmerksamkeit, da ich ständig nach dem Eimer mit der Blindschleiche schielte. Anna entgingen meine ängstlichen Blicke auf den Eimer nicht.
„Mama, du sollst mir zuschauen und nicht immer auf den Eimer starren!", ermahnte sie mich ärgerlich.
Ich konzentrierte mich also wieder auf die Aufführung, wo eben die Dressurnummer mit unserem Hund ‚Lucky' an der Reihe war. Auf den Befehl ‚Hut ab!', sprang Lucky an Anna hoch, riss sie dabei fast von den Füßen und schnappte sich Vaters besten Hut vom Kopf. Heftiger Beifall vom Publikum, wenngleich diese Nummer innerhalb der Familie längst ein ‚alter Hut' war.

Dann kam der Starauftritt! Ein Trommelwirbel kündigte es an.

„Und nun, meine Damen und Herren, der Auftritt der Königskobra aus Indien! Ein gefährliches Tier mit todbringenden Giftzähnen!"

Die Zirkusdirektorin nahm gnädig den Beifall entgegen. Sie hatte sich das Tier um den Hals gelegt und jeder im Publikum, der Lust hatte, konnte Luise streicheln.

Einen Namen hatte es also auch schon, das Reptil. Ich wappnete mich mit Argumenten, mit denen ich ihr verbieten würde, Luise zu behalten. Zur großen Enttäuschung der Dompteuse hatte keiner der Zuschauer das Bedürfnis, Luise zu streicheln.

Für die furchterregende Königskobra, sprich Blindschleiche, war zwischen zwei Stühlen eine Schnur gespannt worden. Es sollte also eine Hochseilnummer werden. Die Blindschleiche wurde aufs Seil gelegt und da hing sie dann, wie ein nasser Socken zum Trocknen. Sie machte keinerlei Anstalten, das Seil entlangzukriechen, hing einfach nur da. Nach einer kleinen Weile schloss sie sogar die Augen, und Frau Direktorin verkündete aufgeregt: „Sie schläft, guck doch bloß mal, sie schläft!"

Auch sanftes Streicheln oder Kitzeln bewirkte nichts, außer dass das Reptil seinen Schwanz einkringelte und sich selbst quasi verknotete. Eine eindrucksvolle Darbietung seiner Beweglichkeit.

Anna nahm jetzt einen neuen Anlauf, um die Nummer zu retten.

„Und nun, meine Damen und Herren, werde ich Luise verschwinden lassen und sie dann in meinem Zylinder wieder hervorzaubern."

Die Zirkusdirektorin, jetzt in der Rolle des großen Zauberers, ließ Luise, das Reptil, in ihren Ärmel gleiten.

Ob ich wollte oder nicht, die Unerschrockenheit meiner Tochter musste ich doch bewundern. *Ich* wäre jedenfalls nicht bereit, eine Blindschleiche in meinem Ärmel verschwinden zu lassen!

Spätestens jetzt allerdings war Luise den Aufregungen des Artistenlebens nicht mehr länger gewachsen. Der dunkle Ärmel ängstigte sie wohl so sehr, dass ihre Verdauungsorgane überreagierten. Kurz – sie bekam Durchfall. Ein kurzer, schriller Schrei des Zauberers kündigte das Unheil an. Nur mit Mühe konnte ich ihn daran hindern, Luise angewidert durch die Luft zu schleudern.

Hier endete die Vorstellung abrupt, denn der Zauberer bestand augenblicklich auf einem Bad. Sonst ein eher seltenes Bedürfnis meiner Neunjährigen.

So kam Luise, schneller als vorgesehen, in die Freiheit zurück. Während ich das arme Tier in sein Versteck zurückbrachte, sann ich darüber nach, was es doch für ein Segen ist, dass es bei uns *nur* Blindschleichen im Garten gibt und keine Königkobras oder Klapperschlangen!

Ach ja, selbstverständlich mussten an diesem Abend noch die Manege abgebaut, die Werkstattbühne aufgeräumt und Luises Unterkunft, sprich mein Putzeimer von Erde und Gras gereinigt werden. Und wer durfte diese Arbeiten erledigen? Ich, Annas Mutter. Die Künstlerin hatte sich schließlich schon völlig verausgabt und sie soll ja bei Laune gehalten werden. Wäre doch schade, wenn sie sich nicht mehr zu solchen Aktionen hergäbe!

Das dankbare Publikum fiebert nun schon gespannt der nächsten Veranstaltung entgegen, schließlich sind kulturelle Ereignisse in unserem kleinen Dorf selten.

Ratzfatz

Jakobs Zähnen fehlt es an Disziplin. Sie wollen nicht ordentlich, einer neben dem anderen, in einer Reihe stehen, sondern suchen sich nach dem Zufallsprinzip, mal weiter vorne, mal weiter hinten, ihren Platz aus. Neuerdings werden seine Zähne deshalb mit einer Zahnspange diszipliniert, einem „Weidezaun", wie Jakobs Freunde das medizinische Gerät ironisch nennen.
Der sonst eher langweilige Besuch beim Kieferorthopäden wurde heute durch ein besonderes Erlebnis gewürzt. Als ich meinen Sohn abholen wollte, sah ich vor der Tür, auf der obersten Treppenstufe, ein Mädchen kauern. Sie war so sehr in die Ecke gedrängt, dass ich unwillkürlich genauer hinsah. Was ich sah, ließ mich gewaltig staunen: Zwei Ratten schauten am Halsausschnitt des Pullovers heraus, eine über der anderen. Ihre langen Barthaare zitterten eifrig, und eigentlich sahen sie ganz possierlich aus. Der lange, nackte Rattenschwanz war nicht sichtbar, und die Farbe ihres Fells, schwarz-weiß gefleckt, trug dazu bei, dass man sie nicht auf den ersten Blick als Ratten wahrnahm.
Nun ist ja die Vorliebe, zahme Ratten mit sich herumzuschleppen, keineswegs neu, aber bei uns in der Provinz eher selten. Und dann gleich zwei! Ich mühte mich um einen gleichgültigen Gesichtsausdruck. Schließlich wollte ich mein vorsintflutliches Feindbild den lieben Tierchen gegenüber nicht so offen zur Schau stellen.

Als ich mit Jakob zusammen die Praxis wieder verließ, musterte auch er ausgiebig das ungewöhnliche Stillleben. Außer Hörweite sprudelte er los:
„Mama, hast du gesehen, was die da am Hals hat?"
„Und ob ich das gesehen habe. Gleich zwei von den niedlichen Tierchen – und dann noch mit Körperkontakt!" Ich schüttelte mich angewidert. Jetzt durfte ich es ja!
„Die eine Ratte gehört ihrer Freundin, die ist gerade beim Doktor in Behandlung."
„Ach, und da hat sie ihre Ratte solange der Freundin anvertraut, ich verstehe. In die Praxis hätte sie sie ja auch schlecht mitnehmen können."
„Hat sie aber!", triumphierend lässt Jakob den Gag seiner Geschichte heraus.
„Wie, sie hat die Ratte mit in die Praxis genommen?"
„Klar!" Jakobs Stimme kiekst vor Begeisterung. „Sie lag schon auf dem Stuhl, und als die Assistentin gerade mit der Behandlung anfangen wollte – ratzfatz, da kam die Ratte aus dem Pullover gekrochen, direkt oben zum Hals raus. Das war so cool, äj!" Jakob ist die Begeisterung über den Slapstick deutlich anzusehen.
„O Gott, die Arme, sie war sicher total geschockt!"
„Sie hat geschrien und ihre Zange weggeworfen." Mein Sohn wird geschüttelt vor Lachen bei der Erinnerung an diese Szene. Schadenfreude ist doch immer noch die reinste Freude.
„Und dann? Dann gab's aber Ärger, oder?"
„Na ja, das Mädchen sagte, sie wolle die Ratte zu ihrer Freundin bringen, die säße im Wartezimmer. Sie haben ihr aber gesagt, dass die Ratte auch nicht im Wartezimmer sein darf, da hat sie gesagt …", Jakob schnappt nach Luft,

so sehr reißt ihn das Lachen hin, „da hat sie gesagt, dass ihre Freundin auch eine Ratte dabeihat." Erschöpft hält er inne. Erzählen und Lachen gleichzeitig ist anstrengend.
„Ah so, und jetzt sitzt die Freundin vor der Türe mit den beiden lieben Tierchen", ergänze ich mir den Rest der Geschichte und muss nun auch lachen.
Das ist schon filmreif! Oder eine Titelstory für die Zeitschrift „*Mein Tier und ich*": „*Herzloser Doktor verweigert Punker-Ratten Zahnregulierung!*"
Am Abend, als sich die Familie zum Abendbrot am Tisch versammelt hat, gibt Jakob die Story noch einmal zum Besten. Johannes, sein Vater, ist entsetzt. Bis unter die Haut geht ihm der Ekel.
„Pfui Deibel auch!", angewidert schüttelt er sich. „Also wenn mir das passiert wäre … ich hätte das Vieh gepackt und an die Wand geschmissen, das darfst aber glauben!" Erneut schüttelt es ihn bei dem Gedanken an die Ratte beim Arzt.
„Also Papa, das arme Tier!" Lena, Jakobs Schwester, ist ehrlich entrüstet über ihren blutrünstigen Vater. Nicht weiter verwunderlich, übrigens. Ihr würde ich auch zutrauen, mit Ratte unterm Pullover zum Arzt zu gehen. Schließlich trägt sie auch die Blindschleichen, die sie bei uns auf der Wiese findet, um den Hals spazieren.
Auch ich bin verwundert über die heftige Reaktion meines Mannes. Er ist schließlich Förster und so leicht graut ihm vor nichts.
„Wie heißen denn die Ratten?", will Lena wissen, sichtlich beeindruckt von der Geschichte.

„Na, wie wohl? ‚Ratz' und ‚Fatz' vermutlich", antwortet ihr Bruder, der an Nebensächlichkeiten keine Phantasie verschwendet.

„Ich wünsche mir auch so eine zahme Ratte, die sind echt süß", Lena seufzt bedeutungsschwer.

„Kommt überhaupt nicht in Frage, so ein Geziefer kommt mir nicht ins Haus", Johannes sieht seine geliebte Tochter an, als wäre sie eine bedrohliche Außerirdische.

„Es sind gefährliche Krankheitsüberträger", belehrt er sie.

„Die aus der Zoohandlung sind keimfrei", kontert Lena altklug.

Ich finde den Ekel, der meinen raubeinigen Forstgemahl heimsucht, fast noch amüsanter als die Geschichte an sich und beginne ihn ordentlich aufzuziehen.

„Ja, wisst ihr Kinder, Ratten sind gefährlicher als eine Rotte Wildsauen und schwerer zur Strecke zu bringen als ein alter Vierzehn-Ender!", doziere ich mit gewichtiger Stimme, aber Johannes hat jetzt keinen Sinn für Humor und schickt mir einen missbilligenden Blick zu ob meiner mangelnden Ernsthaftigkeit.

„Ich wollte aber schon immer mal ...", schmollt Lena weiter. Ihr Vater ist jetzt kurz davor, die Geduld zu verlieren.

„Wir haben einen Hund, eine Gans und mehrere Hasen, das ist ja wohl genug! Eine Ratte ins Haus holen, das wäre ja wohl das Allerletzte!"

„Lena", versuche ich zu vermitteln, „nun denk doch mal nach! Wir haben einen Jagdhund! Was meinst du passiert, wenn Bauz deine Ratte mal außerhalb des Käfigs anträfe? Ratzfatz wär's um sie geschehen und dann?"

Das bringt Lena wieder auf den Boden. Ihren Vater, der sich gerade in weiteren Pamphleten über Ratten ergehen will, bringe ich mit einem strengen Blick zum Schweigen, und der Frieden ist wiederhergestellt. So lange jedenfalls, bis Lena eine Schwäche für Vogelspinnen, Anakondas oder dergleichen entwickelt.

Italia

Gelato, Ferrari, mare e monti.
Armani, Gucci, Ferragamo und Conti,
Mastroianni, die Cardinale und die Loren,
all das zeigt uns: Das Leben ist schön!
La dolce vita –
dort, wo die Zitronen blühen.
Auch Goethe wollte dahin ziehen.

Ein Montepulciano, schön dunkel, im Glas,
dazu die Sonne im Übermaß.
Ich liebe dies Land,
ich lieb' seine Leute,
deshalb hier Geschichten,
von gestern und heute.

Vous cumpra?

Sie gehören inzwischen zum italienischen Strandleben wie die Sonne und das Meer: die „Vous Cumpra", jene Afrikaner, die im Sommer die Strände entlangziehen und den sonnenhungrigen Touristen ihre Ware feilbieten. Sonnenbrillen, Uhren, Schmuck, Radios und etliches mehr schleppen sie in großen Bauchläden durch die hochsommerliche Hitze, immer mit der gleichen Gelassenheit und Freundlichkeit.

Offiziell ist ihr Geschäft natürlich illegal und mitunter sieht man italienische Polizisten, die eine Razzia durchführen. Sie schlendern dann betont langsam über den Strand, benehmen sich ziemlich auffällig, kurz, man spürt die Halbherzigkeit, mit der die Beamten ihrer Arbeit nachgehen, nicht weil es ihnen an Pflichtbewusstsein fehlt, sondern weil sie Mitleid haben mit den armen Kerlen, die in glühender Hitze ihr Geld verdienen und das meiste davon an einen Großhändler abgeben müssen.

Die Afrikaner haben ihren Kopf oft unter einer dicken Schafwollmütze verborgen, deren Anblick besonders die hitzeempfindlichen Nordländer verschreckt und zu verstärkter Transpiration anregt. Ihr Körper steckt in einem langen Kaftan, so dass nur die nackten Füße, in billigen Gummisandalen, der Sonne ausgesetzt sind. Sie verfügen über den nötigen Mindestwortschatz in Englisch, Französisch, Italienisch und auch in Deutsch, um ihre Geschäfte abwickeln zu können.

Es ist vergnüglich zu beobachten, wie sich die verschiedenen Touristen-Nationalitäten verhalten. Die

Italiener verlieren so gut wie nie die Geduld, erklären bestimmt, aber höflich, dass sie nichts kaufen wollen, oder drücken den Afrikanern zwei Euros in die Hand für einen Espresso an der Bar. Zu einem Geschäftsabschluss kommt es erst nach einigem Feilschen, an dem beide Seiten ihren Spaß zu haben scheinen. Die Deutschen spielen gerne den Lehrmeister, geben kurz eine Lektion in deutscher Grammatik oder gute Ratschläge, wie denn auf andere, legalere Weise Geld zu verdienen sei. Die Afrikaner nehmen die Lektion mit gleichmütiger Miene hin, wissen sie doch, es lohnt. Sie kommen recht häufig ins Geschäft mit „Du Deutsch?". Bei den Engländern schließlich verhindert meist die Verpflichtung zur Zurückhaltung geschäftsmäßige oder gar zwischenmenschliche Kontakte.
Gegen Abend, wenn der Strand sich leert, kann sich ein Verkaufsgespräch auch schon mal in die Länge ziehen, denn die erfolgreichen Verkäufer wählen, wie im Geschäftsleben üblich, instinktiv die richtige Strategie.
So auch Joseph aus dem Senegal, ein großer, schlanker, gut aussehender, junger Mann, der mit Geschick einigen Signore aus der Toskana Uhren verkaufen wollte. Sie waren von echtem toskanischem Landadel, erkennbar am Dialekt und an der fülligen Figur. Der Senegalese verteilte Komplimente über das jugendliche Aussehen, aber Sonja, die Wortführerin der Gruppe, winkte ab.
„Ach was, Junge! Ich könnte deine Mutter sein!"
Joseph, der Senegalese, schüttelte energisch den Kopf und erklärte, dass das ganz unmöglich sei, er zähle immerhin schon fünfunddreißig Jahre. Das wiederum wollten die toskanischen Signore nicht glauben. Es ging jetzt längst nicht mehr um das Geschäft. Beide Seiten hatten einfach

Spaß an der Unterhaltung. Schließlich zückte Joseph seinen Personalausweis, um die Richtigkeit seiner Behauptung zu beweisen. Die Frauen waren aufrichtig erstaunt, bewunderten nun ihrerseits sein jugendliches Aussehen und wollten augenblicklich wissen, wie seine „Anti-Aging-Strategie" laute.

„Welche Diät machst du, Giuseppe, welche Gesichtscreme benutzt du, dass deine Haut so glatt bleibt?", solche und ähnliche Fragen prasselten auf den armen Joseph nieder.

Für einen kurzen Moment weiteten sich die Augen des Senegalesen. Die Versuchung war groß, das Geheimnis seiner Figur preiszugeben: Armut! Keine Möglichkeit, sich durch Torten, opulente Mahlzeiten, Zigaretten oder Kaffee die Figur oder den Teint zu ruinieren!

Um seinen Mund erschien der Anflug eines bitteren Lächelns, aber schnell hatte er seine Gefühle wieder unter Kontrolle.

„In Afrika hat man weniger Hunger. Es ist einfach zu heiß", erwiderte Joseph ernst und ohne eine Spur Sarkasmus in der Stimme. Andächtig hörten ihm die Damen zu, wie er ihnen einen detaillierten Speiseplan zur Gewichtsreduktion vorlegte, bei dem Hirse und Fisch eine wichtige Rolle spielten. Was die Haut beträfe, so sollten sie Umschläge mit getrocknetem Rinderdung verwenden. Ein Vorschlag, der bei den Damen auf wenig Begeisterung stieß. Seine immer grotesderen Vorschläge beendete Sonja schließlich energisch.

„Ma va la! Du nimmst uns doch auf den Arm!"

Man trennte sich in aller Freundschaft: der Senegalese zufrieden über die getätigten Geschäfte, die Zuhörer, je nach Charakter, nachdenklich oder amüsiert. Joseph ging zur kleinen Bar, wo ihn sein Freund erwartete. Sein Gesicht war ein einziges Lachen und dieser strahlte zurück.

„Du hast deinen Spaß gehabt? Gut so, mein Freund! Für einen Spaß muss immer Zeit sein und Geld braucht es dafür glücklicherweise nicht!"

Cappuccino Vero

Der Wunsch nach einem Cappuccino erfüllte sich vor einigen Jahren noch nicht mit der gleichen Selbstverständlichkeit, die wir heute gewohnt sind. Erst als die mediterrane Küche und das „Dolce-Vita-Feeling" in Mode kamen, eroberten sich auch die für die Zubereitung des Cappuccinos nötigen Kaffeemaschinen ihren Stammplatz in den Kaffeehäusern nördlich der Alpen. Daher empfahl es sich, bei der Bestellung eines Cappuccinos den Zusatz *Mit Milch bitte* anzuhängen. Diese Angewohnheit bescherte mir ein amüsantes Erlebnis in Florenz.

Nach etlichen Stunden Kultur in dieser faszinierenden Stadt war meine Aufnahmefähigkeit an ihre Grenzen gelangt und der Reiz der architektonischen Kostbarkeiten entlockte mir nur noch höflich interessierte Blicke. Umso mehr sprach ich auf den intensiven Duft an, der plötzlich meine Nase kitzelte. Er kam aus einem wunderschönen alten Kaffeehaus, das auch in Wien hätte stehen können. Die Lust auf Kultur unterlag augenblicklich dem Wunsch nach einer Kaffeepause und erwartungsvoll betrat ich das Café. Es war im Stile des *Fin de Siècle* eingerichtet und die Kellner waren so was von distinguiert, dass sie mir wie Butler aus Buckingham-Palace vorkamen. Hinterher erst erfuhr ich, dass ich im edelsten Kaffeehaus von Florenz gelandet war. Dem ahnungslosen Besucher sollte das wohl sofort deutlich gemacht werden.

Mein Blick fiel prüfend auf die Vitrine mit den *Pasticcini* und was ich sah, stellte mich sehr zufrieden. Dem Kellner

gab ich meine Wünsche weiter: eine üppige Schale voll der kleinen, süßen *Pasticcini*. Wer würde sich bei einer solchen Gelegenheit mit kleinlichem Kalorienzählen abgeben, dazu einen Cappuccino *con latte*, mit Milch also, um ein Falsifikat mit Sahnehaube zu vermeiden.
Der Kellner sah mich missbilligend an.
„Der Cappuccino, Signora, ist *immer* mit Milch, sonst ist es kein Cappuccino, sondern ein *Caffè con Panna*", ein Kaffee mit Sahne eben.
Der Tonfall seiner Rede war ungefähr der, mit dem man einem Erstklässler beibringt, dass man beim Schreiben immer am linken, oberen Blattrand beginnt.
Ich fühlte mich ertappt, *perbacco!* Natürlich hier, südlich der Alpen war das so. Ein Blick in sein Gesicht und auf seine hochmütig nach oben gezogene linke Augenbraue und mir blieb meine Verteidigung im Halse stecken. *Va la*, sollst du deinen Triumph haben, dachte ich mir, wer weiß, wie viele Touristen dir heute schon an den Nerven gezerrt haben. Ein überschwängliches Kompliment für die Pasticcini und seine Gesichtszüge entspannten sich merklich. Er ließ sich sogar dazu herab, mir noch einen Geheimtipp zu nennen – einen Park über der Stadt gelegen, den ich mir unbedingt ansehen sollte.
Drei Monate später dann, am Bahnhof in Hamburg, orderte ich in einem Stehcafé einen Cappuccino und erhielt prompt ein Falsifikat mit Sahnehaube. Sofort schob ich die Tasse zurück.
„Das ist kein Cappuccino. Ein Cappuccino hat immer eine Haube aus aufgeschäumter Milch. Das – ist ein Kaffee mit Sahne!"

Schade nur, dass es mir nicht gelang, die linke Augenbraue in diesem elegant-steilen Winkel nach oben zu ziehen wie mein florentinischer Kellner.

Novella

Es war in den Sommerferien an der Adria, als uns im bergigen Hinterland ein Auto in halsbrecherischem Tempo entgegenkam. Am Steuer eine betagte Signora, die vor jeder unübersichtlichen Kurve kräftig auf die Hupe drückte, um dieselbe dann in der Mitte der Fahrbahn – der Ideallinie entlang – zu nehmen. Erschrocken und erstaunt über den rasanten Fahrstil der Dame, erfuhren wir von meiner Freundin Bruna, dass weder der Fahrstil noch das Alter der Dame allzu außergewöhnlich seien für diese Gegend hier. Seufzend bekannte sie, der Fahrstil ihrer eigenen Mutter unterscheide sich in nichts von dem der Dame.
„Meine Mama", weißt du, „ist eine katastrophale Autofahrerin. Sie war schon über fünfzig, als sie die Fahrprüfung ablegte, und dafür benötigte sie sicher mehr als zweihundert Fahrstunden. Die ganze Familie schenkte ihr fast zwei Jahre lang nichts anderes als Fahrstunden."
Bruna lachte leise in sich hinein.
„Umso beachtlicher, dass sie sich nicht entmutigen ließ und an ihrem Ziel festhielt."
„Entmutigen? Meine Mutter war keine, die sich entmutigen ließ, weißt du. Vielleicht kennt ihr ja auch in Deutschland die Geschichten von Don Camillo und Peppone? Ja? Na, dann stell dir mal einen weiblichen Peppone vor und du hast ein ungefähres Bild meiner Mutter. Es war ein hartes Stück Arbeit, sie zu überzeugen, dass sie jetzt mit über achtzig Jahren das Autofahren besser lassen sollte."

Jetzt war meine Neugierde endgültig geweckt. Wir hielten an der nächsten Café-Bar auf einen Espresso, und Bruna begann zu erzählen.

Novella war die gefürchtetste Autofahrerin der ganzen Gegend. Der Führerschein und das eigene Auto brachten ihr ein Stück Unabhängigkeit, auf die sie nicht mehr zu verzichten bereit war. Sie war beständig unterwegs, und von ihrem Ehemann deswegen kritisiert, hatte sie eine ungewöhnliche Rechtfertigung:

„Im Haus bekommt man Würmer! Deshalb bin ich lieber unterwegs."

Es war also ein vergebliches Unterfangen, sie auf die Gefahren des Straßenverkehrs oder ihre eigene Unzulänglichkeit hinzuweisen. An der steilsten Stelle der Straße zu halten, ein Stück die Schlucht hinunterzuklettern, nur um einen Stuhl, den irgendwer dort hingeworfen hatte, zu bergen, war eine ihrer typischen Aktionen.

„Wie hast du dort wieder anfahren können, Mama?", wurde sie von ihren Töchtern verhört.

Novella winkte aufgebracht ab. „Fragt bloß nicht!", war alles, was aus ihr herauszubekommen war, aber jeder, der sie näher kannte, wusste, dass dies nicht weniger bedeutete als: Ich habe Kopf und Kragen riskiert!

Novella, wie unsere Peppona eigentlich hieß, kam 1925 zur Welt. In der Nähe von Mazza Botto im bergigen Hügelland des Apennin, wo die Bauernhöfe zerstreut auf den Kuppen steiler Berghänge stehen, eingerahmt von ein oder zwei stattlichen Zypressenbäumen. Hier herrschten zu dieser Zeit die Patroni, die Großgrundbesitzer, und auch Novellas Eltern waren Kleinpächter mit kärglichem

Auskommen. Hielt der Patrone Inspektion bei seinen Pächtern, soll es vorgekommen sein, dass besonders kinderreiche Pächter einige ihrer Kinder versteckten, damit der Patrone nicht auf die Idee käme, es gäbe zu viele Kinder und damit zu viele Esser. Es war ein hartes Leben zu dieser Zeit und auch die Kinder mussten frühzeitig ihren Teil zum Lebensunterhalt beitragen.
Nach vier Klassen Grundschule arbeitete Novella auf dem Bauernhof ihrer Eltern und als Saisonarbeiterin auf den Reisfeldern in der Po-Ebene.

Mit zwanzig dann, sollte sie heiraten. Ihr Vater hatte den Ehemann selbst ausgesucht. Er verehrte ihn, denn dieser hatte eine Ausbildung. Er war Schuhmacher. Also sprach ihr Vater immer davon, welch ein großes Glück es für sie sei, einen Intellektuellen heiraten zu können.
Novella sah das anders, grundlegend anders. Zweimal riss sie aus, als das Aufgebot bestellt werden sollte. Schließlich musste sie sich der männlichen Gewalt beugen, aber ihr ganzes Eheleben lang hatten sie und ihr Mann ein Verhältnis wie Hund und Katze. Novella selbst beschrieb es so:
„Ich will nicht schlecht reden über meinen Mann – *sua anima in pace* –, aber seit er tot ist, geht es mir viel besser!"
Frieden seiner Seele also und kein bisschen unnötige Gefühlsduselei, aber auch keine Verbitterung. Frauen wie Novella kommen ohne Psychotherapeuten aus, das wurde mir schnell klar.
Als junge Ehefrau, direkt nach dem Krieg, hatten Novella und ihre ganze Sippe ein elendes Auskommen. Kam der

Verwalter des Gutsbesitzers, um Saisonarbeiter zu requirieren, konnte sich glücklich schätzen, wer sich unter den Auserwählten befand. Novellas Schwager, der sich bei der kommunistischen Partei engagierte, ging jedes Mal leer aus, denn der Verwalter hatte Anweisung, solche Revoluzzer zu ignorieren. Novella schickte ihre Schwester zum Verwalter, um ihm bestellen zu lassen, es wolle ihn jemand sprechen. Am vereinbarten Treffpunkt erwartete ihn Novella, beschimpfte ihn wüst und spuckte ihm ins Gesicht. Noch bevor der Verwalter sich von seiner Verblüffung erholt hatte, zerkratzte sie ihm das Gesicht, zerriss sich die Bluse und rief verzweifelt um Hilfe. Ein Vergewaltigungsversuch war ein gewichtiges Delikt und der Verwalter musste gehen. Novellas Schwager wurde fortan berücksichtigt bei der Vergabe der Arbeit.

Auf die Kommunisten setzten viele Verzweifelte ihre ganze Hoffnung, aber auch die DC, die Christdemokraten, hatten im damals noch sehr religiös geprägten Italien ihre Hausmacht, meist unterstützt durch den örtlichen Pfarrer. So eine Art Don Camillo gab es auch in Novellas Dorf. Da er einer der wenigen war, die schon ein eigenes Auto hatten, nutzte er es im Wahlkampf für die DC. Sein kleiner 500er Fiat Topolino war ein Cabrio. Mit geöffnetem Dach, das Megaphon in Händen, hielt der Pfarrer eifrig Wahlkampfreden und polemisierte ungeniert gegen die Kommunisten. Novellas Kampfgeist war geweckt. Sie holte sich die Hilfe einiger gleich gesinnter Freundinnen, und als der Prete zum Mittagessen im Pfarrhaus bei Polenta und Coniglio saß, warfen sie das Auto mit vereinten Kräften um. Seit dieser Zeit hatte sie einen

Intimfeind mehr, aber einschüchtern ließ sie sich deshalb noch lange nicht.

Für Sentimentalitäten, egal welcher Art, war weder Raum noch Zeit. Überleben hieß das Ziel und bei der Wahl der Mittel konnte man nicht zimperlich sein. Novella fand Arbeit in der Metzgerei ihres Bruders und hatte dort einen Unfall. Sie wollte, ohne sich eine Leiter zu holen, die Schrankfächer säubern. Ihre selbst gebaute Leiter aus Stuhl und Hocker versagte, sie stürzte und verletzte sich am Auge. Novella musste zum Augenarzt in die Stadt. Da ihr Ehemann keinen Führerschein hatte, fuhr sie selbst. Die Pupillen wurden weit gestellt und Novella informiert, dass sie für die nächsten Stunden fahruntüchtig sei. Unglücklicherweise erreichte sie niemanden, der sie nach Hause hätte bringen können. Geduld war nie ihre Stärke, also hatte sie auch schnell eine Lösung parat.
„Das ist ganz einfach: Du schaust und ich fahre!", erteilte sie ihrem Ehemann Anweisung. „Der heilige Cristoforo wird uns schon nicht im Stich lassen."
Nun, er ließ die beiden nicht im Stich, aber er hatte mit Sicherheit einen stressigen Job an diesem Tag, denn erst kurz vor ihrem Zuhause kam Novellas Sehfähigkeit langsam wieder zurück. Die Bauernschläue, mit der Novella sich und ihre Familie über Wasser hielt, trieb sie dazu, auch von diesem Missgeschick zu profitieren. Ein Autounfall, in den sie kurz darauf verwickelt wurde, wurde kurzerhand als Ursache für die Verletzung herangezogen und Novella erhielt die damals stattliche Entschädigung von etwa zwanzigtausend Lire.

Eine Operation wurde nötig. Novella erhielt eine örtliche Betäubung, und der Chirurg mühte sich, mit ihr eine Unterhaltung aufrecht zu halten. Aber zum einen war Novella ganz entgegen ihrer sonstigen Gewohnheit recht einsilbig, zum anderen war auch der Operateur von seiner Arbeit in Anspruch genommen, so dass er die immer gleichen Fragen nach Kindern und Familie stellte. Beim dritten Mal fuhr ihm Novella aufgebracht über den Mund:
„Das habe ich Ihnen nun schon drei Mal erzählt, Dottore! Sie sollten besser aufpassen oder einfach still Ihre Arbeit tun!"

Bruna schämte sich für ihre Mutter wegen der erschwindelten Entschädigung und machte ihr Vorhaltungen, die diese aber vom Tisch wischte.
„Es wird Zeit, dass auch wir mal ans Meer kommen, für ein paar Tage Ferien. Wir haben das verdient!"
Ein Urlaub am Meer, durch diese Schwindelei ermöglicht, enthob Novella jeder Kritik. Damals, in den späten Sechzigern mischten sich auch schon die ersten deutschen Touristen unter die Einheimischen. Sie erregten Novellas besonderes Interesse. Mit den Deutschen hatte sie Erfahrung aus den Zeiten des Krieges. Leider waren diese Erfahrungen keine guten.
Einen blonden, jungen Familienvater musterte sie längere Zeit besonders intensiv. Schließlich näherte sie sich ihm, um ihn anzusprechen. Bruna, Unheil ahnend, hatte sich an ihre Fersen geheftet.
„Eh, du da! Du siehst aus wie der, der mir während des Krieges meine Hühner geklaut hat!", mit unverhohlener, naiver Neugierde musterte sie den Urlauber, der sich

seinerseits leicht irritiert diese italienische Großmutter besah.

„Aber Mama! Überleg doch mal! Das könnte höchstens ein Sohn von deinem Hühnerdieb sein!", Bruna zog ihre Mutter verlegen zurück, dem Himmel dankend, dass der Fremde kein Wort Italienisch verstand.

Als ich Novella schließlich persönlich kennenlernte, war ich erstaunt. Ich hatte eine robuste, kräftige italienische Mama erwartet, stattdessen sah ich eine kleine, grazile Person, mit hellwachen, funkelnden Augen. Neugierig musterte sie mich und platzte auch gleich mit der ersten Frage heraus. Ob es stimme, dass wir Deutschen immer so viele Kartoffeln essen? Eigentlich bevorzugen sie mehr und mehr Pasta, gab ich Auskunft, zumindest die Jüngeren. Befriedigt nahm sie es zur Kenntnis.

„Novella, hätten Sie Lust, mit uns heute Abend essen zu gehen?"

Ein würdevolles Nicken kam als Antwort, nur am verstärkten Funkeln ihrer Augen war anzumerken, wie sehr sie sich über die Einladung freute. Keine zwanzig Minuten später stand sie gestylt wie eine echte Signora zum Ausgehen bereit.

„Sieh nur meine Mama!", lästerte Bruna. „Noch vor einer halben Stunde tat ihr der Rücken weh und sie fühlte sich schlecht. Nun sieh sie dir an, die blanke Vergnügungssucht."

„*Eh beh*, glücklicherweise habe ich keinen Mann mehr, auf den ich Rücksicht nehmen müsste. Ja die Ehemänner, es ist nicht immer leicht mit ihnen, stimmt's nicht? Meine Schwester hatte einen strengen Mann und ihr ganzes

Eheleben lang hat sie sich beklagt. Als ihr Mann gestorben war, hat sie weiter gejammert, jetzt über den Verlust. Das ging so lange, bis ich sie angefahren habe: ‚Solange er lebte, hast du nur gejammert, und jetzt, wo er tot ist, jammerst du weiter, obwohl dir doch noch seine Rente geblieben ist!'"
Mein Lachen unterbrach sie mit einer heftigen Geste.
„Ich will ja nicht schlecht reden über die Ehemänner – *sue anime in pace* –, aber uns geht's doch besser ohne sie, capisce, Signora?"
Ja – ich verstand!

Valentinsgrüße a tutti!

Es war der Valentinstag und Anna wollte gleich morgens ihren Kindern einen lieben Valentinsgruß schicken. Der Tag begann allerdings überaus geschäftig und es war keine Zeit, den Computer hochzufahren und eine Mail zu schicken. Also später dann wenigstens eine schnelle SMS, nahm sie sich vor, aber bis es endlich so weit war, dämmerte schon der Abend herauf.
Anna verfasste eilig eine liebevolle Botschaft, zugeschnitten sowohl auf Sohn als auch auf Tochter.
An meine beiden besten Stücke: den humorvollen Erstgeborenen und die liebenswerte Tochter, einen ganz lieben Valentinsgruß von Mama.
Besonders effizient und zeitsparend wollte sie die Nachricht in den Äther schicken und versuchte deshalb, beide Empfänger-Adressen zugleich anzugeben. Nebenbei, es war der erste Versuch, eine Nachricht auf diese Weise an mehrere Empfänger zu verschicken. Als sie den Befehl „Senden" eingab, erfasste sie gerade noch die Anzeige: *Die Nachricht wird an vierundsiebzig Empfänger verschickt.* Panisch hämmerte sie auf den Befehl „Abbrechen" ein, aber es war zu spät. Die elektronische Brieftaube war nicht mehr zu stoppen und hatte sich mit der schweren Last von vierundsiebzig Briefen auf den Weg gemacht. Vermutlich war es gar keine Taube, sondern ein Adler, denn schneller als gedacht kamen die Antworten. Zunächst waren es nur sieben Fehlermeldungen, aber dann... Dann schwappte eine ungeheure Flut von Antwortschreiben heran. Ihr Handy

verschluckte sich beinahe am eigenen Klingelsignal, mit dem die eingehenden Nachrichten angekündigt wurden.
Hast du deine Brille nicht aufgesetzt?
Ich glaube, ich kam völlig unverdient zu lieben Valentinsgrüßen, hab mich aber arg gefreut!
Valentinsgrüße nehme ich immer an, egal als was!
Ich wusste gar nicht, dass ich dein Sohn bin!
Als sich auch der Handwerker ihrer Mutter meldete, kroch das Unbehagen in ihr hoch. Sie kam sich schrecklich gläsern und durchleuchtet vor. So also fühlten sich die Opfer von irgendwelchen unfreiwilligen Cyberspace-Space-Enthüllungen! Nur dass sie kein Opfer war, sie hatte sich das selbst eingebrockt.

Anna nahm allen Mut zusammen und blätterte ihr Adressbuch durch. Es war doch besser, mal nachzusehen, welche Nummern sich da überhaupt befanden.
– O.K., fehlt also noch eine Antwort der Uniklinik, der Volkshochschule und des ADAC, dann wären wir so ziemlich durch. Sie versuchte der Sache eine komische Seite abzugewinnen und überschlug dabei in Gedanken, wie hoch ihr persönlicher Beitrag am diesjährigen Valentinsumsatz ihres Handy-Anbieters war.
Schließlich kamen noch zwei Nachrichten ihrer italienischen Freundinnen: *Non ho capito nullo, ma il senso si.* – Ich habe nichts verstanden, aber den Sinn schon und nutze die Gelegenheit, dir ganz herzliche Valentinsgrüße zurückzusenden, schrieb Lella.
Ciao Anna, il tuo sms era bellissimo ma temo che non fosse indirizzato a noi! Buon S. Valentino communque.

Richtig vermutet, Debora, die Grüße waren für meinen Nachwuchs und danke auch für die Valentinsgrüße.

Seufzend öffnete sie den PC und schrieb Mails – nein, nicht an alle, aber an viele –, in denen sie das Missgeschick erläuterte und beflissen neue Valentinsgrüße anhängte. Diesmal aber tatsächlich an die angegebenen Adressaten.

Anna erneuerte ihren einmal gefassten Schwur, sich niemals bei Facebook anzumelden. Sie tröstete sich mit dem Gedanken, dass nicht alle Empfänger wissen konnten, um welche *„Mama"* es sich bei diesem Absender handelte, und dass sie sich wohl kaum die Mühe machen würden, die Telefonnummern abzugleichen.

Der Zwischenfall erheiterte Annas Freundeskreis ungemein und zog einige zwerchfellerschütternde Telefonate nach sich. So gesehen, hatte sich der Fehler doch als segensreich erwiesen.

Ein artiges Dankeschön vom eigenen Nachwuchs erhielt Anna übrigens auch!

Dezember – der Monat der Überraschungen

Wie kann man dem Weihnachts-Stress die Stirn bieten?
Mit einem Lächeln!
Entdecken Sie die Komik im Alltag, lassen Sie sich erheitern!

Von Weihnachtsengeln und der Schwierigkeit, Gutes zu tun

Im vorweihnachtlichen Rummel einer größeren Stadt unterwegs – nicht, um wie fast alle anderen Leute noch die letzten dringenden Besorgungen zu erledigen – sondern, um mit meiner Mutter, die ihren siebenundachtzigsten Geburtstag feiern durfte, einen schönen Tag zu erleben.
Wir hatten uns mit einem guten Mittagessen den Gaumen gekitzelt und wollten jetzt die neue Kunsthalle der Stadt besichtigen. Ein ehemaliges städtisches Hallenbad beherbergte jetzt die neue Sammlung zeitgenössischer Kunst, und die Neugierde meiner Mutter, was aus dem Hallenbad ihrer Jugendzeit geworden war, war die hauptsächliche Motivation des Besuches.
Die zeitgenössischen Kunstwerke ohne fachkundige Führung – das überforderte meine Mutter. Sie schwelgte meist in der Erinnerung an das altehrwürdige Bad statt im gegenwärtigen Kunstgenuss. Ziemlich ungnädig urteilte sie die abstrakten Darstellungen ab, um im selben Atemzug ihren Erinnerungen an das Bad nachzuhängen.
„Hier waren die Räume für die Wannenbäder. Es hatten ja früher längst nicht alle Leute ein eigenes Bad oder Dusche. Die kamen dann hierher."
Auch ich konnte den einen oder anderen Flashback an die Schwimmstunden meiner Schülerzeit nicht unterdrücken. Das Jahr mit der cholerischen Lateinlehrerin, die uns, nach dem Duschen, immer erst unregelmäßige Verben konjugieren ließ, bevor wir dann, durchgefroren und zähneklappernd, endlich ins Wasser durften. Die

Erinnerung daran, dass wir nicht nackt unter die Dusche durften, sondern ein sogenanntes „Duschröckchen" in Form eines Unterrockes tragen mussten, erheiterte mich jetzt sehr, damals fand ich dieses Gebot einfach nur ätzend.

Nach dem Kunstgenuss und dem Aufwärmen von Erinnerungen kamen wir zurück ans Auto und ich entdeckte, dass der gelöste Parkschein noch volle zwei Stunden gültig war. Drei Parklücken weiter, parkte eben ein Auto ein. Was also lag näher, als den Parkschein weiterzugeben und so eine gute Tat zu vollbringen. Den Zettel in der Hand, lief ich zum Auto. Der Autofahrer saß noch hinter dem Steuer und zählte ein dickeres Bündel Geldscheine. Er war so konzentriert bei der Arbeit, dass er mich vor der Fensterscheibe überhaupt nicht bemerkt hatte. Ich wiederum hatte in meinem Bestreben, ein gutes Werk zu tun, eilig an die Scheibe geklopft, noch bevor ich erfasst hatte, dass der Moment hierzu kein so ganz günstiger war. Der arme Unbekannte schrak zusammen, stopfte eilig die Geldscheine seitwärts in die Tasche und sah mich mit Panik im Gesicht an. Verlegen gab ich ihm ein Zeichen, die Fensterscheibe herunterzukurbeln, und wedelte beruhigend mit meinem Parkschein.

Sehr zögerlich kurbelte er die Scheibe hinunter und sah mich misstrauisch an.

„Entschuldigen Sie, ich wollte nicht stören, aber mein Parkschein ist noch gute zwei Stunden gültig. Sie können ihn gerne weiter benutzen – wenn Sie möchten."

Er stutzte, und dann endlich begriff er so langsam, dass ich keinerlei Interesse an seinen finanziellen Aktivitäten hatte, sondern lediglich ein gutes Werk tun wollte. Ein harmloser vorweihnachtlicher Pfadfinderwunsch, nicht mehr.

Sein Gesicht entspannte sich, und die Erleichterung, die sich darauf abzeichnete, war so lustig anzusehen, dass ich große Mühe hatte, den aufsteigenden Lachanfall noch hinter einer würdevollen Miene zu verstecken. Wenigstens so lange, bis ich wieder im eigenen Auto saß. Dann brach es voll aus mir heraus und ich lachte, bis mir die Tränen übers Gesicht liefen.

„Eigentlich war er jetzt mein Weihnachtsengel, er hat mich zum Lachen gebracht."

Ich lieferte meiner Mutter die ganze Geschichte taufrisch und mit einer Prise Schadenfreude – dass ich gleich darauf meinem wirklichen Weihnachtsengel begegnen würde, wusste ich noch nicht.

Jedenfalls überschlugen sich die Ereignisse von diesem Moment an. Zunächst klingelte mein Handy, und schon beim Durchwühlen der Handtasche wurde mir vage bewusst, dass irgendetwas darin fehlte. Nach dem Gespräch warf ich einen prüfend-konzentrierten Blick in das geräumige Innere meiner mobilen Schreibtischablage und – da war es klar: Meine Geldbörse war verschwunden. Es begann das übliche hektische Ritual, das in solchen Fällen immer einsetzt: Leeren der Tasche bis auf den Grund. Erstaunlich übrigens, was bei solchen Gelegenheiten alles ans Tageslicht kommt: der lang gesuchte Postkastenschlüssel, Gutscheine der verschiedenen Art, Zuckertütchen aus diversen Cafés und angegammelte Gummibärchen meiner Kinder. Nur leider der Geldbeutel tauchte nicht auf.

Mit steigender Hektik dehnte ich die Suche aus auf sämtliche Mantel-, Jacken- und Hosentaschen. Kein Erfolg!
Ich lief den Weg zurück zur Kunsthalle, den Blick konzentriert auf den Boden gerichtet – ich sah Erstaunliches, nur, mein Portemonnaie war nicht dabei. Jetzt ergriff mich so richtig die Panik. Die Gedanken rasten durch meinen Kopf: Zuerst war wohl das Konto zu sperren, denn ich hatte die EC-Karte im Geldbeutel. Danach sollte ich ins Fundbüro eilen und dann …

Auf dem Weg zurück zum Auto überlegte ich, ob die Vorweihnachtszeit nachteilig oder von Vorteil sei, was die Ehrlichkeit des möglichen Finders anging.
Meine arme Mutter war voller Mitgefühl und mindestens ebenso konfus wie ich. Da holte uns das erneute Klingeln meines Handys in die Wirklichkeit zurück. Mein Sohn rief an und sein erster Satz war so sensationell, dass ich nach Luft schnappen musste, bevor ich antworten konnte.
„Mama, hast du deinen Geldbeutel verloren?"
„Hey Großer", so nenn ich meinen Erstgeborenen, wenn es amtlich wird, „woher weißt du das denn?"
„Na, ich bin nach Hause gekommen, da läutet das Telefon und eine Frau sagt mir, dass sie deinen Geldbeutel gefunden hat."
Dem Himmel sei Dank!
Die Erleichterung schoss in einer heißen Welle durch meinen ganzen Körper.
Schnell war die Nummer der ehrlichen Finderin weitergegeben, ein kurzes Telefonat via Handy, wir vereinbarten einen Treffpunkt zur Übergabe und sie

händigte mir meine Geldbörse wieder aus. Ich hatte sie also tatsächlich unterwegs verloren.

Eine fremde Frau, die mir auf Anhieb überaus sympathisch war, überreichte mir das kostbare Stück und hatte offensichtlich tiefe Befriedigung an meiner Erleichterung und Freude.

„Ach wissen Sie", schnitt sie meine Dankesworte ab, „ich hoffe, wenn ich mal in der gleichen Situation bin, dann treffe ich auch auf einen ehrlichen Finder."

„Das hoffe ich auch für Sie! Sie waren heute mein Weihnachtsengel und jetzt gehen Sie mit Ihren Kindern einen Kaffee trinken und freuen Sie sich über Ihre gute Tat!", mit diesen Worten drückte ich ihr den Finderlohn in die Hand. Wir strahlten einander an, trennten uns und die Wärme ihres Blickes konnte ich noch eine ganze Weile spüren.

Ein Parkschein, ein Bündel Geld und ein verlorenes Portemonnaie – das waren reichlich viel Weihnachtsfreuden, auch wenn es bis zum Fest noch fünf Tage Zeit hatte.

Gustav Gans

Geschichten über Weihnachtsgänse gibt es etliche. Meist erzählen sie, wie eine Gans heranwächst, sich mit irgendeinem Familienmitglied anfreundet und eben diese Freundschaft besagter Gans dann in letzter Minute das Leben rettet. Die Familie isst zu Weihnachten dann einen Karpfen, oder wenn es ganz puristisch zugeht, versammelt sie sich am vegetarischen Buffet. Für Menschen, die solche Geschichten lieben, taugt diese Geschichte nicht, denn diese Geschichte handelt von Gustav Gans, dem Weihnachtsbraten, der auch wirklich ein Weihnachtsbraten geworden ist.

Als Gustav zu uns ins Haus kam, war er bereits in einem Zustand, in dem jeder Rettungsversuch hinfällig gewesen wäre, sprich: er war bereits tot. Er war nicht nur tot, er war bereits bratfertig gerupft und bei seinem Anblick waren Gedanken an Rettung seines Lebens gänzlich überflüssig.

Die Person, die verantwortlich dafür zeichnete, aus Gustav einen schmackhaften Weihnachtsbraten zu machen, war mit anderen Dingen beschäftigt. Es war das erste Mal, dass statt des traditionellen Wildbratens ein Gänsebraten auf dem Tisch stehen sollte, und praktische Erfahrung auf diesem Gebiet gab es nicht. In solchen Fällen ist es ein Segen, auf Berater im eigenen Familienkreis zurückgreifen zu können, in diesem Fall eine Schwester mit Wohnsitz in Italien. Gut, das würde die Produktionskosten etwas verteuern, schließlich war eine ‚Gans-Hotline' einzurichten, aber man konnte sich auf die

Gourmet-erprobten Ratschläge dieser Schwester unbedingt verlassen.

Gustav hatte übrigens sein ganzes Gänseleben lang auf einer Spessartwiese leben dürfen. Er hat hangauf, hangab die Wiesen nach den besten Gräsern und Kräutern abgesucht und war jetzt als Weihnachtsgeschenk auf unserem Tisch gelandet. Sobald ich anfing, mich ernsthaft mit Gustav zu beschäftigen, baute ich eine Beziehung zu ihm auf, die im Laufe des Arbeitsprozesses immer enger wurde. Liebevoll zog ich ihm die letzten verbliebenen Federkiele heraus und war reichlich froh, dass es nicht meine Aufgabe gewesen war, Gustav vollständig auszuziehen. Gustavs athletischer Körper wurde dann mit grobem Salz eingerieben, innen und außen, versteht sich. In den großen Hohlraum im Innern seines Körpers wanderte eine ziemliche Menge an geriebenem Brot, Äpfeln, Rosinen und Rotwein. Dann wurde Gustavs Bauch zugenäht, damit die guten Sachen auch dort blieben. Jetzt musste Gustavs Haut perforiert werden. Dazu stach ich ihm mit einer Nadel flach unter die Haut – nur ja nicht ins Fleisch! –, damit das Fett schön abtropfen könne. Das erst ergebe die unnachahmlich knusprige Haut über zartem Fleisch und sei außerdem gesünder. Das Fett musste ich auffangen und mit reichlich Äpfeln und Zwiebeln zu einem leckeren Gänseschmalz verarbeiten.

Wie war das noch mal mit der Gesundheit? Aber mit dieser Frage kann man sich ja nach den Feiertagen wieder beschäftigen. Gustav jedenfalls schwitzte im Ofen und ich davor. Wann immer ich die Bratröhre öffnete und Gustav manipulierte, bekam ich eine Ahnung davon, wie es Stahlarbeitern am Hochofen ergeht.

Die Profis hatten mir angekündigt, dass das Gänsefett in Strömen auf das Backblech laufen würde. Nicht so bei Gustav: Zwar schwitzte auch er sein Fett weg, aber es war doch bescheiden, in Erwartung der angekündigten Menge. Ganz klar, das lag an der Haltung! Gustav war eine Spessarter-Hochlagen-Gans, gestählt durch tägliches Walking bergauf und bergab, mehrmals dem Fuchs mit knapper Not entkommen, also auch nervenstark und nicht Adrenalin verseucht oder sonst wie neurotisch durch die Torturen eines Mast-Gänselebens. Während Gustav und ich unser Bestes gaben, um seinen Leib in einen gelungenen Weihnachtsbraten zu verwandeln, kamen die übrigen Familienmitglieder nach Hause.
„Was riecht hier so?", war noch eine vorsichtige Frage.
„Hier stinkt's", die Feststellung unhöflicher Ignoranten.
Gustav und ich wissen es besser. Wenn sich heute am Weihnachtsabend alle über den Gänsebraten hermachen, weiß ich, dass Gustav nach einem schönen Gänseleben genau das Ende gefunden hat, das sich jede zum Weihnachtsbraten vorbestimmte Gans nur wünschen kann: im Bauch von Feinschmeckern zu landen, die dieses Geschenk zu würdigen wissen.
Ich jedenfalls bin Gustav dankbar dafür, und falls der eine oder andere Leser diese Gedankengänge merkwürdig findet, so sei ihm gesagt, dass Menschen, die ihre Nahrung noch selbst beschaffen, also Indianern, Jägern und gelegentlich auch noch Bauern, diese Dankbarkeit durchaus vertraut ist.

Wellness-Weihnacht

Zum Weihnachtsfest gehören für die meisten von uns, das ist schon lange so Brauch, auch die kulinarischen Höhepunkte. Kluge Menschen erklären es uns damit, dass um die Zeit der Wintersonnenwende das Bedürfnis, sich etwas Gutes zu tun, besonders groß ist. Nicht nur die Seele braucht spirituelle Nahrung, auch der Leib will verwöhnt werden. Trost und Ausgleich für die langen dunklen Nächte. In diesen Zeiten waren die Vorratskeller unserer Altvordern noch gefüllt, die Zeit der Ernte lag noch nicht so weit zurück. Eine wichtige Voraussetzung für das Schlemmen und Feiern, schließlich konnte man früher nicht bei *Aldi* oder *Feinkost Käfer* Gans, Rotwein oder Bier holen gehen.

Neuerdings müssen wir ob der Schlemmereien noch nicht mal ein schlechtes Gewissen haben, im Gegenteil, wir erfahren staunend, dass Schlemmen gesund sei. So ist der Gänsebraten reich an Selen, das uns vor freien Radikalen schützt. Rotwein enthält Polyphenole, die Krebs und Herzkrankheiten vorbeugen, und Schokolade schließlich streichelt nicht nur die Seele, sondern verbessert überdies noch die Gefäßfunktion. Phantastisch, sich endlich ohne schlechtes Gewissen den Weihnachtsfreuden hingeben zu können!

Unsere Eltern und Großeltern konnten das noch, ohne wissenschaftliche Begründung. Die Zeit des Feierns war schlicht die Zeit des Feierns, und das Einzige, was das Festmahl gefährdete, waren Notzeiten. Sie gaben sich dem Genuss vorbehaltlos hin und verstärkten das Vergnügen daran, indem sie an die Festtafel möglichst viele Gäste baten. Ganz nach dem Motto: Geteilte Freude ist doppelte Freude.

Ein Weihnachtsfest bei meinen Großeltern ist mir in besonderer Erinnerung. Mein Bruder und ich waren schon quasi erwachsen. In der damaligen Zeit allerdings war man noch lange kein vollwertiger Erwachsener, wenn man die Zwanzig noch nicht überschritten hatte. Mein Großvater befand jedoch, dass just dieses Weihnachtsfest ein guter Anlass sei, uns in die Geheimnisse des Weingenusses einzuführen. Er, der Sparsamkeit, Disziplin und Pflichtbewusstsein zu den wichtigsten Maximen seines Lebens hatte werden lassen, konnte beim Anblick eines erlesenen Jahrganges, einer bestimmten Rebsorte oder besonderer Ausbaumethoden durchaus seine preußischen Grundsätze über Bord werfen und, von kulinarischem Leichtsinn getrieben, einen erklecklichen Batzen aus dem Haushaltsbudget für derartige Genüsse abzweigen.

Der Weihnachtstisch war also festlich gedeckt, als Großvater mit einer Flasche Rotwein aus seiner Vinothek kam, die er behutsam in Händen hielt.

„Für heute ist dieser edle Tropfen, denke ich, angebracht. Ein Geschenk von meinem Freund Kurt, ihr wisst schon, der tüchtige, junge Winzer aus Bürgstadt. Ein 71er Spätburgunder, Centgrafenberg!"

Großvater schnalzte mit der Zunge in Erwartung des bevorstehenden Genusses. Er öffnete die Flasche, damit der Wein atmen könne, wie er uns erklärte, und hielt uns einen Vortrag über Rebsorten und Anbaugebiete. Unser Interesse hielt sich in Grenzen, bei uns waren damals andere alkoholische Getränke angesagt: Whiskey, Gin-Soda, Campari oder andere Mixgetränke. *Amerikanisches G'lump,* wie Großvater verächtlich urteilte.

Aber es war ja Weihnachten, wir wollten nicht unhöflich sein und Großvater vor den Kopf stoßen. Also hörten wir uns die Lektion geduldig an. Schließlich entkorkte der Großvater die Flasche, eine Handlung, die er mit so viel heiligem Ernst ausführte, dass wir wider Willen davon gefesselt wurden. Er schenkte sich einen kleinen Schluck ins Glas, roch am Korken und nach einer erneuten Pause von einigen Minuten verkostete er den Wein. Er schwenkte das Glas andächtig in Händen, schnupperte mit der Nase daran und trank endlich den ersten Schluck. Fasziniert beobachtete ich, wie er den Wein im Mund herum spülte, wie andere Leute ihr Zahnputz-Wasser bei der Morgentoilette.

„Fehlt nur noch, dass er damit gurgelt", lästerte ich heimlich, denn langsam fand ich das ganze Procedere um eine Flasche Wein doch reichlich übertrieben. Großvater gurgelte nicht, aber sein Gesicht strahlte auf.

„O ja", murmelte er zufrieden, „der geht runter wie Öl, samtig weich, kräftiger Körper, so soll es sein!"

Langsam bekam ich Aversionen gegen Opas guten Tropfen. Ich wollte nichts trinken, das runterlief wie Öl! Ein Glas Cola wäre mir eigentlich lieber gewesen. Aber es war ja Weihnachten und so bezwang ich meine jugendlich-rebellischen Gefühle, ergriff die Flasche und füllte mir und meinem Bruder die großen Rotweinpokale.

„Langsam, langsam, junge Dame! Das trinkt man nicht wie Wasser." Opa sah mich pikiert an, vielleicht meines

eigenmächtigen Handelns wegen, eher aber wegen des leichtsinnigen Umgangs mit seinem kostbaren Tropfen.
Vollends schockiert war er, als er sah, mit welcher Geschwindigkeit wir seinen guten Tropfen hinunterspülten, eben so, als hätten wir Cola oder Wasser im Glas.
Um Verständnis suchend, wandte er sich an Großmutter.
„Siehst du, wie sie das gute Stöffle runterkippen? Das ist ja …", Opa fehlten die Worte.
„Sag jetzt bloß nicht: Perlen vor die Säue geworfen!", konterte Oma streng, ganz in Verteidigung ihrer Enkelkinder.
„Sie müssen das eben noch lernen, sie müssen eingeführt werden."
Opa nuschelte irgendwas, von wegen – aber nicht mit meinem besten Tropfen – und schaute gramvoll auf den Rest, der in der Flasche verblieben war.
Es wurde übrigens noch ein sehr schöner Weihnachtstag bei den Großeltern. Der gute Tropfen war zweifelsohne zu schnell und ohne Andacht genossen. Er versetzte aber meinen Bruder und mich schon bald in eine heitere, friedfertige Weihnachtsstimmung, von der alle Gäste profitierten. Vergessen unsere Kritik am traditionellen Feiern des Weihnachtsfestes, stattdessen wurden wir offen für die wohltuende Wirkung von Familie, Geborgenheit und Verwöhntwerden, Wellness-Weihnachten nennt man das wohl heute.
Ach ja, beim Weihnachtsfest im nächsten Jahr war es dann mein Bruder, der den Wein genüsslich zwischen den Zähnen hindurchspülte.

Dezemberträume

„Dezemberträume sind so vergänglich wie die Nacht …", klingt es aus der Küche im alten Forsthaus, während Barbara zeitig am Weihnachtsmorgen den Frühstückstisch deckt. Sie hatte die Kassette mit Weihnachtsliedern angeschaltet, in der Hoffnung, ihre Stimmung würde endlich etwas weihnachtlicher. Während sie in den vergangenen Jahren die Weihnachtszeit immer sehr genossen hatte, wollte sich heuer partout keine feierlich-friedfertige Weihnachtslieder-, Plätzchen-, Geschichten-stimmung einstellen. Und nun ist schon Weihnachts-morgen, höchste Zeit also, sich etwas einzustimmen.

Die übrigen Familienmitglieder schlafen noch, nur Franziska, die Jüngste, und Lucky, der große Jagdhund, leisten ihr Gesellschaft. Eigentlich wäre es jetzt langsam Zeit aufzustehen, schließlich gibt es heute noch viel zu tun. Johannes, ihr Ehemann, wäre allerdings der Letzte, der sich von Dingen wie Weihnachtsvorbereitungen beeindrucken ließe. Solange es sich nicht um Wildsäue, Holz, Motorsägen oder dergleichen handelt, geht er nur schwer auf Empfang. Überdies ist heute der erste Ferientag, und den beiden Großen sei es gegönnt, auszuschlafen. Es ist ja alles gut vorbereitet, denn das Letzte, was sie will, ist Stress und Ärger am Weihnachtstag.

Als sich endlich alle am Frühstückstisch versammeln, ist von Weihnachtsstimmung noch immer nicht viel zu spüren.

„Mama, der Beni hat schon den neuen Asterix-Film, der ist toll!", Lena will begeistert von ihrem neuesten Filmerlebnis erzählen.

„Der ist schon total alt, äj, von wegen neu", Jakob, ihr älterer Bruder, tut wieder mal unheimlich cool.

„Jetzt erzähl ich, du Blödmann! Mama, immer fällt der mir ins Wort."

„Huch, die Prinzessin ist beleidigt. Jetzt hetzt sie mir sicher gleich ihre Sekundanten auf den Hals und ich muss mich duellieren." Pubertierende Knaben jedenfalls lassen so schnell keine Gelegenheit zu einem Duell aus, vor allem, wenn es sich um ein verbales handelt. Da ist ihre Kampfeskraft anscheinend unerschöpflich.

Die Prinzessin verzichtet auf Sekundanten und wird stattdessen selber handgreiflich. Im Zeitalter der Emanzipation ja auch normal, oder?

„Kinder, Kinder, heute ist Weihnachten! Ihr werdet doch nicht an Weihnachten zanken und prügeln!", Barbara versucht, durch einen strengen Unterton in der Stimme ihrem Einwand Nachdruck zu verleihen.

Johannes hält derweil einen langen Monolog über die katastrophale Lage auf dem Holzmarkt, die die Schwierigkeiten der Forstverwaltung noch verstärken. Dass ihm keiner zuhört, scheint ihn nicht weiter zu stören.

„Also, damit heute alles gut klappt, müssen wir natürlich zusammenhelfen", Barbara blickt aufmunternd in die Runde. „Zuerst kümmert ihr euch um eure Zimmer. Aufräumen, sauber machen und so."

„Nur weil Weihnachten ist, brauchst du doch nicht so zu stressen. Total uncool, äj", mault ihr Ältester.

„Aufräumen ist immer uncool, auch für mich." Barbara sieht ihn strafend an.
„Is' ja wahr! Zuerst weckt mich diese Nervensäge kurz nach Mitternacht und dann soll ich Zimmer aufräumen, schöne Ferien."
„Gar nicht nach Mitternacht, es war acht Uhr, ich kann jetzt schon die Uhr lesen", Franziska, die Jüngste, leckt hingebungsvoll ihr Nutella-Messer ab.

Als Barbara vom Einkaufen zurückkommt, ist der Frühstückstisch in der Küche noch immer nicht abgeräumt. Also den hätte ja wirklich auch schon mal einer …
„Du bist ganz blöd und mein Geschenk ist doch schöner!" Franzis Stimme schrillt aus dem Kinderzimmer und zeigt höchste Alarmstufe an.
„Die Lena sagt, ich hab' ihr die Idee geklaut und deswegen darf ich mein Geschenk für den Lucky nicht unter den Baum legen. Nur wieder sie …" Sie bricht in Tränen aus. Natürlich, vor Aufregung war sie heute Morgen schon viel zu bald wach und nun ist sie übermüdet und grantig, noch vor dem Mittagessen. Barbara versucht zu trösten, aber sie ist nicht so recht bei der Sache. Es gibt noch so viel zu erledigen. Das wiederum spürt Franzi und weicht nun erst recht nicht von ihrer Seite.
„Jakob, schnapp' dir doch bitte den Besen und kehr den Hof!"
Keine Reaktion von Jakob. Wahrscheinlich sitzt er am PC und versucht, zusammen mit Indiana Jones irgendein archäologisches Abenteuer zu bestehen.

„Jakob, los jetzt, du sollst den Hof kehren", Barbara reißt unwillig die Türe auf.

„Ich? Wieso immer ich? Die Lena kann doch auch …"

„Lena muss mir in der Küche helfen, und nun setz dich bloß in Bewegung, sonst …" Was sonst passiert, behält Barbara für sich, aber ihrer Stimme ist anzumerken, dass Unheil naht. Weg das mühsam gesammelte bisschen Weihnachtsstimmung. Niedergeschlagen überlegt sie, was sie bei der Erziehung wohl falsch gemacht hat, dass so eine Ansammlung Egoisten dabei herausgekommen ist.

„Wo ist eigentlich der Papa? Es ist Zeit, den Weihnachtsbaum aufzustellen."

„Der ist in den Wald gefahren, um einen Baum zu holen", Lena rollt bedeutungsvoll die Augen.

„Was, er hatte noch gar keinen Baum geholt?"

Nun war er doch wirklich von allen Vorbereitungen verschont und noch nicht mal für den Weihnachtsbaum hatte er gesorgt! Weihnachten bei Försters und dann kein Christbaum im Haus! Wenn sie daran dachte, was andere Väter alles erledigten …

„Was gibt's denn heute zu Mittag? Iiiih, Brathering, das esse ich nicht." Lena rümpft angewidert die Nase.

„Musst du auch nicht. Für dich habe ich Spiegeleier. Reich mir die Preiselbeeren herüber!" Während Barbara damit beschäftigt ist, das Hinterbein eines Wildschweins zu einem schmackhaften Weihnachtsbraten zu verarbeiten, packt sie mit einem Mal große Lust zu verreisen, einfach so mitten im größten Trubel abzuhauen.

„Tschüss, macht's gut und schöne Feiertage, meine Süßen. Mami kommt bald wieder. Papa ist ja bei euch, falls er nicht gerade jagen muss!"

Pfui nein, wie herzlos auch! Sie erschrickt über ihre eigenen ketzerischen Gedanken.

„Nun lass dich mal nicht so hängen", schimpft sie sich selbst. „Das bisschen, was noch zu erledigen ist, schaffst du doch mit links. Auf Johannes kannst du nicht zählen, aber das ist ja nichts Neues. Das war schon immer so, weshalb sollte es gerade heute anders sein?"

„Papas Weihnachtsbaum ist wohl einer aus dem Versuchslabor", frotzelt Jakob. „Na ja einer, der den gentechnischen Zuchtanforderungen an Weihnachtsbäume nicht gewachsen ist", erläutert er Barbaras stumme Frage.
„Eine so schön gewachsene Kiefer hatten wir noch nie!" Johannes reibt sich selbstzufrieden die Hände.
„Kiefer? Du hast eine Kiefer gebracht, obwohl du genau weißt, dass ich keine Kiefer will!" Barbara ist empört. Der Weihnachtsbaum, das ist Barbaras heilige Kuh, da hat sie ganz feste Vorstellungen: Vom Boden bis zur Decke, eine Fichte, eine Douglasie oder gar eine Tanne, sie hat so ihre Ansprüche. Schließlich sind sie eine Forstfamilie! Noch bevor sie den Baum gesehen hat, weiß sie, dass er ihr nicht gefallen wird.
„Was, dieses mickrige Gewächs soll unser Weihnachtsbaum werden? Hast du ihn aus Mitleid mitgenommen, oder was?"
„Mickrig? Wo ist der mickrig, bitte schön? Ganz gleichmäßig gewachsen und schön füllig, sehr selten bei Kiefern dieser Größe!", verteidigt Johannes seine Wahl.
„Gut, gleichmäßig ist er schon, aber so klein! Noch nicht mal mannshoch! Aber das kommt davon, wenn immer

alles in letzter Minute erledigt wird. Für Familienkram hast *du* ja immer keine Zeit!"

„Ja glaubst du, ich hab' nichts anderes zu tun, als wochenlang nur nach einem Christbaum zu äugen, der die hohen Anforderungen der Frau Forstmeister erfüllt?"

„Ihr sollt doch heute nicht streiten, es ist doch Weihnachten", weinerlich mahnt Franziska ihre Eltern zum Weihnachtsfrieden. Barbara würgt alles, was ihr noch auf der Zunge liegt, hinunter. Klar doch, die Kleine hat ja recht – Weihnachten ist schließlich wichtiger als der Baum. Der Kloß in ihrem Hals wird immer größer und sie läuft schnell ins Badezimmer, um sich die aufsteigenden Tränen wegzuwischen. Verflixt noch eins – genau so hatte es nicht werden sollen!

Beim Mittagessen hat sich Barbara wieder leidlich im Griff und verteilt die Aufgaben für den Nachmittag.

„Jakob, du holst nachher gleich Holz, Lena und Franzi helfen mir beim Abspülen und du, Johannes, musst noch Apfelsaft und Mineralwasser holen."

Sie überlegt kurz, ob sie Johannes von ihrer schlechten Seelenlage erzählen soll, aber dieser beginnt bereits lang und breit von seinem letzten Jagderlebnis zu berichten. Nein, besser nicht also. Er würde weder richtig zuhören, noch sich die Mühe machen, zu verstehen.

„Und dann schmückst du den Baum und wir gehen ins Fernsehzimmer und dürfen gar nicht mehr gucken", Franzis Vorfreude reißt Barbara aus ihren Grübeleien. Klar, in ihrem Alter hängt man noch an festen Ritualen. Nicht nur in ihrem Alter, übrigens … Auch Barbara hat ein festgefügtes Wunschbild vom Weihnachtstag, das heute allerdings schon mehrfach erschüttert wurde.

Als sie die Kisten mit dem Baumschmuck herbeischleppt, läuft ein dreckverschmiertes Wesen ins Wohnzimmer und schüttelt sich heftig, so dass der Schmutz nach allen Seiten fliegt.

„Lucky, du alte Wutz! Raus hier! Wer hat den Dreckköter ins Haus gelassen, verdammt nochmal?", Barbara spürt, wie die blanke Wut in ihr hochsteigt.

Eine solche Beschimpfung seines geliebten Hundes kann Johannes natürlich nicht hinnehmen.

„Dreckköter? Sieh dich mal vor, was du für Worte in den Mund nimmst! Nur weil ein paar Feiertage ins Haus stehen, drehst du völlig durch. Was soll diese Hausfrauenhysterie, mit der du die ganze Familie vergraulst? Das bisschen Vorbereiten kann doch so schlimm nicht sein, oder?"

„Es ist auch nicht sooo schlimm, wenn *alle* mit anpacken! Wenn ich nicht immer das Gefühl hätte, an allem alleine zu hängen! Aber bitte, bitte, keiner ist unersetzlich und ich schon gar nicht! Macht doch ohne mich weiter. Ich gehe. Weit weg – am besten Neuseeland oder so …"

„Wird schwierig werden heute noch einen Flug zu bekommen", Johannes hat nun auch den Fehdehandschuh gezogen.

„Das lass mal meine Sorge sein", giftet Barbara zurück und sieht wie durch einen Nebel ihre Kinder mit verschreckten Augen an der Tür stehen. Der Nebel kommt von den Tränen, die ihr in den Augen stehen. Nein, jetzt nicht heulen! Die Freude mach' ich ihm nicht! Sie nestelt an ihren Schnürsenkeln herum, schnappt sich Jacke und Hundeleine und geht zur Tür.

„Hunde dürfen in Neuseeland nicht einreisen. Wenn überhaupt, dann erst nach mehrwöchiger Quarantäne!"
„Du kannst ihn am Flughafen abholen. Ich werde ihn an irgendeinem Gate anbinden."
Barbara wundert sich, dass sie noch zu diesem Wortgeplänkel fähig ist, denn eigentlich hat sie nur einen Wunsch: hauen, den Johannes hauen! So würde es Franzi machen und ihre Wut abreagieren. Aber Franzi ist fünf, da darf man das noch. Barbara ist acht mal fünf und darf das nicht mehr und deshalb muss sie jetzt fort, schnell an die Luft. Egal ob Neuseeland oder Birkenberg gleich hinter dem Haus. Mit Weihnachten, das ist ja eh' gelaufen. Alles verpatzt, kaputt, zerstört.

Mit langen Schritten läuft sie durch den Garten in den angrenzenden Wald. Franzis Gebrüll hält sie nicht zurück, im Gegenteil, es treibt sie nur noch schneller vorwärts. Lucky umkreist sie begeistert. Mit dem unverhofften Ausgang hat sie zumindest ihm eine Freude bereitet. Sie läuft den Berg hinauf durch einen kleinen alten Hohlweg. Erst ganz oben hält sie keuchend inne. Die Kleider kleben am Körper, so ist sie ins Schwitzen gekommen. Sie fühlt sich leer, ausgepumpt. Die Wut ist verraucht, keine Kraft mehr dafür. Was war nur passiert? Wieso ausgerechnet heute so ein Desaster?
Plötzlich fängt Lucky leise zu knurren an und Barbara hört, wie sich Schritte nähern. Schnell will sie sich aus dem Staub machen. Nur ja niemandem begegnen jetzt! Da steht plötzlich eine ältere Frau vor ihr. Sie ist aus dem Dorf, Frau Spehr, Barbara kennt sie flüchtig und will sich

nach einem kurzen Gruß schnell abwenden. Aber die ältere Dame fasst sie fest ins Auge.

„Na, auch dem Weihnachtskoller davongelaufen?", fragt sie und lächelt wissend.

„Tja also, eigentlich", Barbara muss sich kräftig räuspern, „ich wollte eigentlich nach Neuseeland, aber dann habe ich es nur auf den Birkenberg geschafft." Unwillkürlich hatte sie erst gar nicht nach einer gängigen Ausrede gesucht.

„Ah, nach Neuseeland wollen die Mütter heute. Ich wollte immer nach Berlin!"

Verblüfft beäugt Barbara die alte Dame.

„Sind Sie auch schon mal an Weihnachten … ich meine …"

„Oh ja, irgendwann, als mir mal so gar nicht weihnachtlich zumute war, habe ich damit angefangen. Es war so eine Art Notbremse."

Sie beginnt zu erzählen: Vom Vater, der am Heiligen Abend betrunken aus dem Wirtshaus kam und dessen Weihnachtsgeschenk darin bestand, auf die Prügel zu verzichten. Vom Ehemann, der zwar nicht gewalttätig war, dem aber ebenfalls das Wirtshaus und der Schnaps näher standen als das Wohl der Familie.

Barbara hörte ihr mit wachsendem Interesse zu. Sie ist einigermaßen beschämt. Das waren eher Gründe zum Davonlaufen! Verglichen mit dem, was Frau Spehr durchzustehen hatte, waren ihre Probleme echte Peanuts!

„Und heute, warum gehen Sie heute …?"

„Meine Schwiegertochter", Frau Spehr zuckt resigniert mit den Schultern, „ich bin so anders, als sie es sich wünscht. Unterm Weihnachtsbaum dann … Also lieber bleib' ich Weihnachten allein, als mich und die jungen Leute durch anstrengendes Heucheln zu strapazieren."

„Was für eine Frau!" Barbara ist beeindruckt. „So viel Power, so viel Klugheit und Würde! Da könnte ich mir einige Scheiben abschneiden."

„Ich habe keine Ahnung, wie mich meine Familie nachher empfängt – es wäre schön, eine Freundin an meiner Seite zu haben. Wollen Sie mit zu uns kommen?"

Aber darauf lässt sich Frau Spehr nicht ein. Ganz entschieden findet sie, dass sie an Weihnachten nichts bei der Försterfamilie zu suchen habe.

„Nun gehen Sie nach Hause und erzählen Sie Ihrem Mann von Neuseeland", aufmunternd nickt sie Barbara zu, „Sie werden selten einen aufmerksameren Zuhörer haben als heute."

Weihnachtsfeier unter der Mickerkiefer: Die Familie hat gezeigt, was sie kann. Alles war vorbereitet, nicht ganz so perfekt, aber immerhin. Die Kinder haben rote Backen und sogar Jakob hat sich von der total uncoolen Aufregung anstecken lassen. Franzi und Lena sind glücklich, dass Mama und Papa wieder friedlich sind, und Johannes ist so ein aufmerksamer Gatte wie schon lange nicht mehr.

Barbara indes ist nicht so recht bei der Sache. Ihre Gedanken sind bei einer alten Dame, die heute aus Berlin zurückkam. Mit ihr, da ist sich Barbara ganz sicher, wird sie künftig öfter mal verreisen – egal wohin, denn mit Frau Spehr wird es in jedem Fall, wie Jakob sagen würde, total cool werden!

Don Ruprecht

Wenn die Weihnachtszeit näher rückt und in den Geschäften die Nikoläuse und Ruprechte herumstehen, kommen sie mir wieder in den Sinn: die Geschichten um ‚Don Ruprecht'. Don Ruprecht war Kaplan unserer kleinen Nachbargemeinde und mindestens ein so grimmiger Kinderschreck wie Sankt Nikolaus' Begleiter. Don Ruprecht war immer für eine aufregende, komische und mitunter auch seltsame Geschichte gut.
Groß, hager, mit schütterem Haar, war er eine auffällige Erscheinung. Mit seinem stechenden Blick schien er seine Mitmenschen fast zu durchbohren. Seine Bewegungen hingegen waren eher ungeschickt und plump. Er strahlte kein bisschen Liebenswürdigkeit aus, wohl auch durch seine eher groben Umgangsformen. So war er bei seinen Schutzbefohlenen nicht sehr beliebt. Die Gemeinde blieb auf respektvoller Distanz zu ihrem Herrn Kaplan und die Kinder fürchteten ihn.
Der Spitzname ‚Don Ruprecht' war die treffende Charakterisierung seiner Schäfchen für den burschikosen geistlichen Herrn. Das Leben hatte ihn nie mit Samthandschuhen angefasst, und schon früh erfuhr er, dass mit Härte gegen sich und andere viel zu erreichen ist. Aus der kargen und rauen Landschaft der Rhön stammend, passte er so gar nicht in die barocke Weinlandschaft Mainfrankens. Eine solch verschwenderische Fruchtbarkeit der Natur empfand er beinah schon als anrüchig.

„Zu viel gute Bissen machen krank", pflegte er seine spartanische Lebensweise zu rechtfertigen und legte dabei seine Stirn in strenge Falten. Der harte Kampf ums Überleben während seiner Kindheit war wohl auch Ursache für einen Charakterzug, den man im Volksmund allgemein als Bauernschläue kennzeichnet. Don Ruprecht ließ immer wieder seine Gänse in Nachbars Garten zum Weiden. Sein Nachbar war der Dorfbürgermeister. Weder Bitten noch Beschwerden konnten diese Gewohnheit beenden. Als an einem Pfingstsonntagmorgen der Garten wieder voller Gänse und Gänsedreck war, platzte dem Bürgermeister der Kragen.

„Dem Ganser dreh' ich jetzt den Hals um", rief er erbost, schritt auch gleich zur Tat und warf den toten Gänserich zurück auf die Kaplanswiese. Seit diesem Morgen gab es keine ungebetenen Gäste mehr in des Bürgermeisters Garten. Don Ruprecht erwähnte den Zwischenfall mit keinem Wort, er wusste, wann er verloren hatte, und er konnte verlieren.
Um das Seelenheil seiner Schäfchen kümmerte sich Don Ruprecht eher mit mäßigem Einsatz. Befand er es jedoch für nötig einzugreifen, dann geschah das nicht selten mit ungewöhnlichen Mitteln. Einmal im Jahr gab es eine Wallfahrt von unserem Dorf hin zur Gemeinde Don Ruprechts. Nachdem die Wallfahrer singend und betend zum abschließenden Gottesdienst in die Kirche eingezogen waren, freuten sie sich auf eine stärkende Brotzeit und ein Viertele Wein. Den Kindern war eine Bratwurst mit einer Limonade als Belohnung für den langen Fußmarsch versprochen. In dem kleinen Dorf gab

es aber nur ein Gasthaus, so dass die Plätze knapp und begehrt waren. So hatte es sich eingebürgert, dass viele Männer schon während der Predigt das Gotteshaus verließen und Plätze im Gasthaus frei hielten. Der Kaplan, über den Mangel an religiöser Hingabe erbost, beschloss dem Eifer der Wallfahrer nachzuhelfen, wenn nötig mit Gewalt. Auf sein Zeichen hin schlich der Küster aus der Kirche und verschloss die Türe.

„Wie wollt ihr die ewige Seligkeit erlangen, wenn ihr nur ans Fressen und Saufen denkt", donnerte er den überraschten Pilgern entgegen.

Mit hochrotem Kopf hielt er ihnen eine lange Strafpredigt. Erst nachdem sich die Wallfahrer durch mehrere Rosenkränze und Litaneien gebetet hatten, war er so weit besänftigt, dass er sie ziehen ließ. Die Wut auf ihn war groß, aber der Respekt vor ihm und seinem Amt noch größer, so dass er nichts zu befürchten hatte.

Als der Nachbarort in unser Dorf eingemeindet wurde, hatte mein Vater als Bürgermeister auch dienstlich mit Don Ruprecht zu tun. In Begleitung seiner Sekretärin und eines Gemeindearbeiters kam er zu einer Visite ins Pfarrhaus, um die anfallenden Renovierungsarbeiten zu begutachten. Im Pfarrhaus führten zwei ledige Schwestern des Kaplans die Geschäfte. Ihr Ruf als Haushälterinnen war eher schlecht und so manche gewissenhafte Hausfrau empörte sich über des Kaplans schmuddelige Sutanen. Der Abordnung aus unserem Dorf bot sich jedenfalls eine Idylle der besonderen Art: in der Küche ein Ofenrohr mit Löchern, so dass die Küche einer schwarzen Räucherkammer glich. Höhepunkt dann, die eingemachten Vorräte im Keller: zentimeterdicker Schimmel und

Grünspan auf Marmeladen, Säften und eingemachtem Obst. Die drei waren fassungslos. Schließlich gerieten sie in arge Bedrängnis, als die Bewohner ihre Gastfreundschaft beweisen wollten und Getränke anboten. Die Gläser waren schmutzig, die Flasche verstaubt, aber – der Himmel hatte ein Einsehen – es war Zwetschgenschnaps, was man ihnen bot.

„Bürchermester, es is en Schnaps, da wern mer net krank", raunte der Arbeiter seinem Chef erleichtert ins Ohr. Also kippten sie den Schnaps mit Todesverachtung hinunter und blieben tatsächlich von Cholera und Typhus verschont.

Don Ruprechts Ansichten über christliche Nächstenliebe waren eher pragmatischer Natur. Während des Krieges war etwa die Hälfte unseres Dorfes von den Amerikanern besetzt, während die andere Hälfte noch von einem SS-Trupp gehalten wurde. Als sich der Konflikt zuspitzte, evakuierten die Amerikaner in aller Eile die Einwohner aus ihrem Ortsteil in die Gemeinde von Don Ruprecht. Dieser fühlte sich in erster Linie seinen eigenen Schäfchen verpflichtet und forderte in seiner Sonntagspredigt dazu auf, den Schutzsuchenden keine Lebensmittel zu geben, sonst liefen sie am Ende Gefahr, selbst zu hungern. Den Sturm der Entrüstung ertrug er scheinbar ungerührt.

Don Ruprecht blieb bis zum Ende seiner Dienstzeit als Kaplan in dem kleinen Dorf. Eine Berufung zum Pfarrer lehnte er ab, was seine Bedürfnislosigkeit verdeutlicht. Rau war er und kantig, kein handsam geschliffener Zeitgenosse, ein Archetyp aus längst vergangener Zeit.

Weihnachtsfreuden

Viele Menschen werden im Dezember von jener Unruhe erfasst, die mit dem bevorstehenden Weihnachtsfest zusammenhängt. Auch coole Kids, die dem Weihnachtsmann- und Christkind-Fieber schon entwachsen sind, entkommen dieser Stimmung nur selten.
Lisa, dreizehnjährig, und meist sehr beschäftigt mit dem Erwachsenwerden, erlag noch kurz vor den Festtagen der allgemeinen Weihnachtshysterie. Sie fuhr mit Sabine, ihrer Mutter, in die Stadt, um sich dann gleich von ihr zu trennen. Der bedeutungsschwere Hinweis, sie erledige Weihnachtseinkäufe, wurde von Mama richtig verstanden. Er bedeutete so viel wie: Lauf mir nur ja nicht über den Weg!
Also wartete Sabine mit müden Füßen im Café auf ihre Tochter, die endlich zusammen mit einer Freundin eintraf. Mit glänzenden Augen berichteten sie von ihren Einkäufen, und fast war es wieder wie noch vor wenigen Jahren, als die kleine Lisa vom Weihnachtszauber gefangen war. Sabine lauschte aufmerksam und hatte ihren Spaß an den beiden. Schließlich brachte sie ihre Tochter zu deren Freundin nach Hause, denn Lisa wollte das Wochenende dort verbringen.
„Trag doch bitte die Tüten in mein Zimmer, Mama! Aber nicht hineingucken!"
„Natürlich nicht, mein Schatz. Ich will mir doch nicht selbst die Überraschung kaputt machen!"
Sabine fuhr weiter, um Sven, Lisas Bruder, bei dessen Freund abzuholen. Ein ganz normaler Familienalltag eben,

nur mit der angenehmen Aussicht auf das bevorstehende Wochenende.

Zu Hause angekommen, griffen sie nach Tüten und Päckchen und schafften alles ins Haus. Schwungvoll stellte Sven die Plastiktüten ab, zu schwungvoll, denn ein unerfreuliches Geräusch, zerbrochene Tasse, wie Sabine schnell assoziierte, war zu hören. Unheil ahnend, ergriff sie die Plastiktüte und spähte hinein. Sie zog einen prächtigen Elch vom Typ Weihnachtsluxus-Modell hervor, der eine seiner Geweihstangen abgeworfen hatte, obwohl jetzt nicht die passende Jahreszeit für solche biologische Notwendigkeit war.

Bestürzt sahen sich Mutter und Sohn an. Dass sie ihr Versprechen gebrochen und in die Tüte geschaut hatte, war Sabine gar nicht bewusst. Der lädierte Elch nahm ihre Gedanken ganz in Anspruch. Sven kaute betreten an seiner Unterlippe. Sich Lisas Enttäuschung auszumalen, fiel auch ihm nicht schwer.

Sabine starrte auf die Einkaufstüte, ihre Gedanken arbeiteten auf Hochtouren.

„Was für ein Glück, dass Lisa nicht zu Hause ist! Das gibt uns die Chance, das Malheur auszubügeln. Ich werde gleich morgen in das Geschäft gehen und einen neuen Elch besorgen. Du wirst dann deiner Schwester dein Missgeschick beichten und ihr den neuen Elch geben."

„Ich gebe dir dann das Geld." Sven war bemüht, seinen Teil an der Wiedergutmachung zu leisten.

„Wichtig vor allem, dass Lisa nicht erfährt, dass ich nun die Weihnachtsüberraschung schon kenne!" Ein eindringlicher Blick zu Sven unterstrich die Bedeutung dieses Gedankens. Die Aktion Elch lief an, und Sven tauschte Elch Nummer zwei gegen die lädierte Nummer eins. Als er seiner Schwester dann alles erklärte und ihr vorschlug, das lädierte Geweih mit Sekundenkleber zu kitten, überraschte ihn Lisa.

„Ach, deshalb ist der Elch wieder heil! Ich habe mich schon gewundert. In bin nämlich mit der Tüte an einen Laternenmasten gestoßen, dabei ist das Geweih abgebrochen."

So unerwartet von seiner Schuld entlastet, gelang es Sven nur mit Mühe, die Fassung zu wahren. Von Lachen geschüttelt, gab er seiner Mutter einen ausführlichen Bericht über die Wunderheilung eines Elches in einer geschlossenen Plastiktüte und genoss schadenfroh ihren verdutzten Gesichtsausdruck.

Nachdem sie noch eine Weile gemeinsam über lädierte Elche gelacht hatten, und Sabine ihren Sohn nochmals zu strenger Geheimhaltung verpflichtet hatte, wurde sie nachdenklich. Hatte sie es doch offensichtlich wieder einmal übertrieben mit der mütterlichen Fürsorge. Richtiger wäre es wohl gewesen, die Sache ihrem Nachwuchs zu überlassen und ihre Nase nicht in Tüten zu stecken, die sie – noch nichts – angingen. Andererseits hätte sie dann nicht die Wunderheilung eines Elches in der Plastiktüte erlebt. Ein trefflich entspannendes vorweihnachtliches Mysterium in hektischer Zeit.

Caspar ohne Melchior und Balthasar – oder ein Sternsinger kommt manchmal auch allein

Ein gelungener Start in die Ferien beginnt für viele mit einer Fahrt in der Eisenbahn. Die Verantwortung für sicheres Fahren abgeben zu können, schnell und bequem ans Ziel zu gelangen und dabei ungestört die vorbeifliegende Landschaft zu betrachten, ist ein Teil des Feriengenusses und steigert die Vorfreude auf die freien Tage noch. Das war bei Anne nicht anders.
Dieses Mal war es eine Städtereise nach Berlin, in Begleitung ihres Sohnes Philipp, der damit für das bestandene Abitur belohnt wurde.
Sie hatten sich auf ihren Sitzen behaglich eingerichtet und waren noch beschäftigt, ihre Umgebung und ihre Mitreisenden im Großraumwagen einer kurzen Beobachtung zu unterziehen, als ihre Aufmerksamkeit mehr von akustischen Signalen beansprucht wurde. Eine durchdringende weibliche Stimme schallte durch den Wagen und nistete sich dort ein. Sie übertönte mühelos den Willkommensgruß des Zugführers. Anne versuchte die Stimme zu verdrängen, sie gefiel ihr nicht – zu anmaßend, zu hoch, zu schrill. Die Stimme war beharrlicher, und schon nach kurzer Zeit ertappte sie sich dabei, konzentriert zuzuhören.
Die Stimme gehörte einer älteren Dame mit kinnlangem, glattem Haar, das durch einen korrekt gezogenen Mittelscheitel diszipliniert wurde. Glatte, durchscheinende Haut, eine große Brille und verkniffene, nach unten gezogene Mundwinkel ließen Anne ein schnelles Urteil

fällen: „Sieht aus wie eine sitzen gebliebene Pastorentochter." Wieder und wieder zupfte die Dame an der Jacke ihres grauen Flanellkostüms und strich den Faltenrock glatt. Anne schlug das mitgebrachte Buch auf und versuchte, sich ihrem Bann zu entziehen, mit dem Ergebnis, dass sie nur umso aufmerksamer zuhörte, denn was die Dame jetzt so zum Besten gab, war doch erstaunlich.

„In Bayern betteln diese Sternsinger ja immer so herum. Sie machen ihre Abzeichen auf die Tür und kassieren dann ab!"

Ja, wie jetzt? Wie kommt man mitten im Hochsommer auf die Sternsinger zu sprechen und wie kommt so eine ignorante Preußin dazu, heimisches Brauchtum in Misskredit zu bringen? Abzeichen an die Tür? Ja weiß die denn nicht, dass *C–M–B* nicht etwa *Caspar, Melchior, Balthasar* bedeutet, sondern der lateinische Segensspruch für *Gott, segne dieses Haus – Christe Mansionem Benedicat* ist? Die Vermutung, sie könne eine Pastorentochter sein, ließ sich also nicht länger halten. Wenn nur keine potenziellen Sternsinger im Zug sind, deren Engagement auf so schnöde Art und Weise zum Erliegen käme, schoss es Anne durch den Kopf. Die Dame hingegen hatte ihr Pulver längst noch nicht verschossen und fuhr munter fort.

„Im Fernsehen wird man ja auch ständig angebettelt. Ich mag das nicht. Uns hat auch niemand was gegeben, damals nach dem Krieg. Die anderen bekamen Lastenausgleich und was bekamen wir? Nichts!"

Ach so, jetzt war alles klar: Sie gehört zu der Kaste der ewig Benachteiligten, der Immer-zu-kurz-Gekommenen.

Die Polen möge sie auch nicht, ließ sie weiter wissen, denn die hätten ihren Leuten viel Leid angetan. Annes Adrenalinspiegel begann zu steigen, sie bezog in die Liste der „Hoffentlich-nicht-Anwesenden" auch noch die Polen mit ein. Es war sinnlos, zu versuchen, den Erkenntnissen und Lebensweisheiten nicht zuzuhören, auch Abstoßendes hat die Fähigkeit der Faszination.

Schließlich öffnete sich die Tür zum Waggon und der Eisverkäufer mit seiner Bauchlade trat ein. Ein messerscharfer Blick von Tante Frieda – das war der Spitzname, den Anne ihr inzwischen verpasst hatte – und der nächste Kommentar ließ nicht lange auf sich warten.

„Eis, wer kann sich denn das heutzutage noch leisten? Und einen *Schwarzen* haben sie hier zum Eisverkaufen! Einen Deutschen finden sie wohl nicht dafür?"

Jetzt war wohl der Adrenalinspiegel gleich bei mehreren Mitreisenden im roten Bereich. „Das ist ja reichlich unverschämt!", ertönte eine Frauenstimme einige Reihen weiter vorne, „was maßt *die* sich eigentlich an, nur *weil* sie zufällig das Glück hatte, mit weißer Haut geboren worden zu sein."

„Sind Sie bloß froh, dass Caspar Eis verkaufen geht und selbst für seinen Unterhalt sorgt. Er würde Sie sonst womöglich anbetteln, am nächsten Dreikönigsfest!", der hämisch bissige Rat eines anderen. Tante Frieda blickte leicht irritiert um sich, unsicher, ob tatsächlich sie gemeint sei.

Philipp, der immer verkniffener vor sich hin gestarrt hatte, stand plötzlich auf, ging ein Eis kaufen und näherte sich entschlossen der älteren Dame.

Er wird doch nicht seinem Zorn freien Lauf lassen, ihr den Stinkefinger zeigen oder ihr ‚Fuck you!' zurufen?, überlegte Anne nervös. Doch weit gefehlt – stattdessen überreichte ihr Philipp höflich das Eis.
„Bitte schön, ein verspäteter Lastenausgleich!"
Schnell machte er auf dem Absatz kehrt und fläzte sich wieder in seinen Sitz. Heiterkeit machte sich breit und alle gönnten Tante Frieda den gut inszenierten Tadel. Ihre Soundkarte war abgestöpselt. Stille machte sich breit, zum einen, weil Tante Frieda jetzt Eis essen musste, wollte sie vermeiden, dass es ihr in den Händen schmolz, zum anderen, weil die Situation sie völlig überforderte. Nicht einmal *sie* traute sich jetzt, zu protestieren oder zu schimpfen.
Philipp war zufrieden. „Siehst du, jetzt hält sie endlich ihren Mund, genau das war der Zweck der Aktion."
Anne nickte ihm anerkennend zu: „Mit dieser Aktion hast du nicht nur Tante Frieda verblüfft", bekannte sie, „hätte ich dir ehrlich nicht zugetraut."
Er winkte lässig ab, doch Anne spürte, wie gut ihm die Woge der Anerkennung tat, die durch den Waggon schwappte. Für diese Tat, soviel war sicher, würde sie ihm in nächster Zeit so einiges nachsehen.

Epilog

„Ich weigere mich, dieses lächerliche Geschreibsel weiter zu finanzieren!"

Zitat von Goethes Vater aus dem Film „Goethe!" von Philipp Stölzl

Ach Goethe! Hätten Sie doch einen Vater wie den meinen Ihr Eigen nennen können! Nie hätte er Sie durch ein solch hartes Urteil entmutigt.

Er hätte mit Ihnen die Küche aufgeräumt, die Gläser gespült und die Champagnerflasche in den Altglas-Behälter geräumt.

Mon Dieu! Ich fürchte, ich habe zu viel von dem edlen Getränk erwischt.

Obwohl Ihr Alkoholspiegel, *Werther Goethe*, ja auch immer ein reichlich hoher war und dies der Qualität Ihrer Arbeit offensichtlich nicht geschadet hat.

Aber Sie sind Goethe und ich nur ein Geschichtenerzähler. Einer, mit veritablem Vergnügen am Erzählen allerdings.

Ist das zu spüren, lieber Leser?

Wenn ja, dann lass ich noch einen Champagnerkorken knallen – morgen, denn da ist auch noch ein Tag.

Inhalt

Prolog	7
Der Fremde	9
Kafka	15
Anna	23
Eine Fahrradliebe	27
Gute Nacht, du …	45
Cinema im Kopf	59
Liebe Pauline,	65
Frauen mit großen Herzen	69
Pickel, Flirts und weitere Komplikationen	71
Haareschneiden und vieles mehr	79
Zirkuszauber	85
Ratzfatz	91
Italia	97
Vous cumpra?	99
Cappuccino Vero	103
Novella	107
Valentinsgrüße a tutti!	115
Von Weihnachtsengeln und . . .	121
Gustav Gans	127
Wellness-Weihnacht	131
Dezemberträume	135
Don Ruprecht	145
Weihnachtsfreuden	149
Caspar ohne Melchior und Balthasar	153
Epilog	157

Glossar

Carissimo	mein Liebster
Vergogna	Schande
Di tutto cuore	von ganzem Herzen
Caro	lieber
Certamente	sicher
Distinto Signore	verehrter Herr
Splendida idea, vero	glänzende Idee, richtig
Addio tesoro	Adieu mein Schatz
Vous cumpra	Bezeichnung für afrikanische Händler am Strand; umgangssprachlich. Aus französischen und italienischen Wortkombinationen: „Kaufen Sie".
Ma va la!	Geh weiter! Hör auf!
Pasticcini	Süße Leckereien
Caffè con panna	Kaffee mit Sahne
Perbacco!	Donnerwetter! Herrje auch!
Bellezza	Schönheit
Sua anima in pace!	Frieden seiner Seele!
Topolino	Mäuschen; hier: Modell eines Fiat-Automobiles
Prete	Pfarrer
Coniglio	Kaninchen
Capisce?	Verstehen Sie?
Bürchermester	Bürgermeister

Quellenverzeichnis

Alle Personen und Ereignisse dieses Buches sind der Phantasie des Erzählers entsprungen. Das gilt auch für die meisten der Geschichten mit einem „Ich-Erzähler".
Die Ausnahmen von der Regel sind:
Eine Fahrradliebe
Don Ruprecht
Novella
Diese Geschichten haben eine reale Basis, entwickelten jedoch in meiner Fantasie ihr Eigenleben.

Die Gedichte aus *„Eine Fahrradliebe"* sind entnommen dem Gedichtband: **„Blütenzweiggewinde Hehrer Freundschaft"**.
Dem ehrenvollen Gedenken an Fräulein Elisabeth Oetzel, Hauptlehrerin aus Bronnbach, gewidmet von Karl Reichert, 1947, Grafschaftsmuseum Wertheim.

Herzlichen Dank an Frau Dr. Hilde Heidelmann, meinen Schwestern sowie meinen Freundinnen Paula, Bruna und Novella.

Trudi Graf

Das Backofenkind

Roman

Die Lebensgeschichte einer Frau aus einem kleinen Dorf im Spessart. Eine Geschichte der *kleinen Leute*, für die in den Geschichtsbüchern kein Platz ist. Fernab des großen Weltgeschehens und doch aufs engste mit diesem verknüpft.

Als *Book on Demand* und als *e-book* über den klassischen Buchhandel, den Internet-Buchhandel sowie direkt von der Autorin zu beziehen.

ISBN: 3-8311-3562-2

Ein altes Forsthaus, das seine Geschichte erzählt, um sie vor dem Vergessen zu bewahren. Im Szenario von Forstleuten, Jägern, Wilderen und Wald tauchen aus den Sedimenten der Erinnerung auch die Geschichten ungewöhnlicher Frauen auf.
Als *Book on Demand* und als *e-book* über den klassischen Buchhandel, den Internet-Buchhandel sowie direkt von der Autorin zu beziehen.
ISBN: 3-8311-3562-2